星際傳訊 STU11006

戴世軒◆著

西基地◆1

新事件▶外星人綁架華人懸案

推薦序一：離奇之至的真實事件？

呂尚（呂應鐘教授）

如果說這是科幻小說，會覺得寫的精彩，也太過離奇，情節不像發生在地球上，整套書就是一場從頭打到尾的地球人與外星聯軍的科幻大戰。

但是作者卻說這是真人真事的發生過程，若用真實事件這個角度來讀這本書，就是出版界非常罕見的華人寫作的精彩記錄，文字運用相當生動活潑，戲劇性十足。但也令人覺得寫的太過玄幻，太過悽慘，令人不敢相信人真人真事。

總的來說，就是一本各式各樣邪惡外星怪物在地球上犯下滔天大罪的故事，場景之殘酷像是活生生的當代地獄。而且還說到愛滋病毒是外星人有意散播來消滅人類的，還有一種外星灰人於二〇一九年將正式把一種病毒投放到地面，通過空氣傳播可以快速滅絕人類的病毒，讓我想起這二年來的新冠病毒。

小說中還提到整個美利堅共和國早已淪為了外星控制者的殖民地，也讓我想起影子政府陰謀論，似乎有跡可循。

不管如何，讀畢全書，內心相當沉重，為主角從頭到尾不懈的奮戰而激賞，內心充滿期待，希望有個圓滿的結局，方能消除沉重的感覺！

推薦序二：世紀之戰——道西戰爭駭人聽聞內幕揭秘

中國文化大學史學系兼任副教授——周健

現在，是科學時代的批判時期——
是我們人類對宇宙的第三次反動！
這宇宙不會有敵意，但也不友善。
它只是漠然而已。

——約翰・霍姆斯（一八七九—一九六四）

"This, now, is the judgement of our scientific age
—the third reaction of man upon the universe!
This universe is not hostile, nor yet is it friendly.
It is simply indifferent."

John H. Holmes (1879-1964)

話說人生有三部曲：青年人：懷疑一切，中年人：研究一切，老年人：相信一切。親愛的讀者，當閣下目睹幽浮和靈異現象時，是抱持何種心態？

人類流血流汗、殫精竭慮所塑造的數千年文明，因地外文明的介入，隨時會面臨瓦解，進而重鑄的命運。價值判斷的標準並非放諸四海而皆準，宗教信仰與政治主張堅持絕對真理，其他領域則多為相對真理。

古早以前，以外星人入侵地球為主題的科幻片，大概均被當作娛樂片，今日視之，恐怕過於天真。

地球是外星高等生物的實驗場，甚至流放地，或是中繼站，可算是大型的太空站。一神教皆認為神掌控人類歷史發展的脈絡，若角色對調，外星人是否充當隱形的上帝？

勿忘嫦娥女士是人類有史以來的第一位太空人，奇特的是未乘坐太空船，也未穿著厚重的太空衣，就能飛到月球。檢視各民族的神話，未曾言及有人直飛月球的事蹟。

本書具備許多研究幽浮的基本款：羅斯威爾事件、麥田圈、納粹德國、南極基地、心電感應、陰謀論、地球中空論、月球基地、蜥蜴人，可謂該有的都有了。

在雞不生蛋、鳥不拉屎的美國中西部地下，隱藏著天大的秘密，神秘指數可媲美內華達州的51區。

道西基地（Dulce Base）位於新墨西哥州與科羅拉多州交界的道西地區，阿丘利塔郡（Archuleta County）平頂山下，大平頂山（Grand Mesa）乃全球最大，可窺大自然的鬼斧神工。商人 Paul Bennewitz 最早透露有外星人在該地活動，他在阿布奎基（Albuquerque）曾攔截到，可能來自幽浮或外星基地的電訊。一九八〇年代，發現地下基地，以冷戰時期，地下飛彈基地作為偽裝，因可帶動旅遊業，故毫無顧忌地大肆宣傳。

外星人早已投胎到地球，似乎以來自曾有高度文明的火星居首，其次是跟地球人通婚（部分宗教提到神人結合的個案），等而下之，則是改造人類的基因，跟外星人同質化。

每個國家均有不可碰觸的隱形紅線。譬如在泰國若批評王室，恐怕會被判刑坐牢。日本是當代唯一保留年號的國家，是不是封建心態的餘孽？被革命推翻的歐洲皇室的後裔，不准從政，連相關的封號亦不准使用，以避免復辟，是否違反民主原則？

即使是在以民主國家典範自傲的美國，其實是白人至上論（white supremacy）和種族中心主義（民族優越感，ethnocentrism）作祟，只要揭發有關幽浮與外星人的不可告人的秘密，就會被「有關單位」追殺到天涯海角。民主並非萬靈丹（尤其是所謂美式民主），專制政體亦非一無是處。

威爾斯（Herbert George Wells，1866-1946）的《世界大戰》（宇宙戰爭，大戰火星人，

The War of the Worlds，1898），是科幻小說的經典之作。以火星人入侵地球，並宰制地球為主軸。強大的美軍被打得毫無招架之力，眼看地球人將滅絕，豈料有奇蹟出現，這些章魚型的火星生物，竟感染地球的細菌而死亡，真是「天道好還」。

結論是繼續保持髒亂，才能消滅外星人。一八九五年，日軍入台之後的半個世紀，台灣同胞反日事件層出不窮，而日軍病死著竟多於戰死者。在蟲毒瘴癘的環境中成長的咱們，自然培養出強大的免疫力，卻使有潔癖的日本人水土不服，提早昇天。

傳聞外星人可能預知美國會成為強大的國家，故積極介入北美洲歷史的遞演，開國元勳似乎曾跟神秘的黑衣人來往。壹元紙幣背面的金字塔及國徽的設計，皆有外星人「指點迷津」的痕跡，在可預見的未來，美國似乎尚無亡國的跡象。

「一樣米養百樣人」，宇宙間的生靈，正邪並存，「害人之心不可有，防人之心不可無」（《菜根譚》），如只有在美國出現的天蛾人（mothman），竟然擁有讀心術，令人不寒而慄。

卡特（James Earl “Jimmy” Carter Jr.，1924-，第39任總統：一九七七－一九八一）在喬治亞州州長任內，曾兩次目睹幽浮，並在相關文件上簽字認證。君不見美國部分總統候選人，在競選活動時曾公開宣示，一旦當選，會將幽浮檔案解密，但在上台之後，可能受到黑衣人的警告，多噤若寒蟬，即使是公開部分文件，但關鍵字多被塗黑。

外星人已跟人類混血，或來人間臥底，並非新鮮事兒。在大眾交通工具上聽到奇怪的語言，眼睛像蜥蜴，瞳孔可任意收縮者，可能「非我族類」。

地球中空論並非空穴來風，許多地方都有複雜的地道，有遠古時代造山、造陸運動所形成者，亦有人工挖掘者，但通向何處，不得而知。天上和地下常有奇特的怪聲音傳出，不知是未知的生物或機械發出者。

魔鬼氈、奈米晶片、克隆（clone）技術，均來自外星人。人類和恐龍一樣，都是地球的過客，未來是由何種生物統治地球，未可預料。天下第一奇書——《山海經》，乃世界地理的縮影，近已證實美國西部的內華達山脈與洛磯山脈的地貌，在《山海經》中均有精確的描繪。而更令人感到興趣者，是書中奇特的人類及古生物，是否真實存在過？山妖人怪、魑魅魍魎，可能並非神話。

吾人深知外星人的身高多在二公尺以上，有些手指有蹼，有些雌雄同體，亦有來自銀河系之外者，證明外星航空器必定超越光速。最有意思者，在外星人的「外」語能力，以會說英語者居多，次為德語腔的英語，未聞有會說華語者。

用光殺人（可參見《舊約全書》約伯記），三角形的幽浮違反流體力學原理，愛滋來自外星。美國政府跟外星人簽約，可綁架地球人，以建立基地，故美國人民最大的敵人是政府，而非中國。集一切神祕主義之大成的納粹政權，亦與灰人合作。地上是由人類統治，地下則是外星人的勢力範圍。幽靈通常呈現灰色，易跟灰人混淆。

現代的民主政治要有相當的透明度，人民有權知道政府的所作所為。如德國柏林的國會大廈，採用透明的圓頂設計，人們可直接在上方觀察會場的動態，即此寓意。令人印象深刻者，是能容納28名成人的超大電梯，上下速度極快，展現德國高科技的成就。

本書言及地下的世界有18層，跟宗教上的18層地獄撞衫，第七層是實驗室，多為地球上的失蹤人口（全球每年約達十餘萬人），其中99.3%是女人和孩童，0.7%是男人，外星人好像對男人興趣缺缺。外星人高230公分，身上有惡臭，體內無器官，而是靠皮膚行光合作用，汲取營養。51區有九架幽浮，有灰人出沒，而道西基地竟然有37種外星人，以灰人和蜥蜴人為主。而研究外星人的科技，被稱為黑色工程，二戰之後，研究日、德集中營的作品，亦被稱為闇黑文學。

牛頓一生最主要的興趣在研究煉金術及預言，物理學居於次要。曾預言世界末日是查理大帝（查理曼，Charles the Great，Charlemagne，742-814）登基（800年）之後的一二六〇年，即二〇六〇年，何以出現「一二六〇」？因相關的手稿已被鎖碼，原因心知肚明。企圖自殺者，最好延期，在目睹世界末日的壯觀景象之後，再走也不遲。

本書透露許多駭人聽聞的內幕，持懷疑論（skepticism）者，大可高喊「信不信由你！」如：美國政府為發展高科技竟與外星人合作，殘害自己的同胞。外星人在地球上最大的根據地是俄羅斯的新西伯利亞（Novosibirsk）。外星人用人的屍體當作壁紙（令人作嘔！）。發現新地球中空論。可將人體分解成分子，在另一個時空再組合（科幻片已出現）。阿根廷和南極均有納粹的基地。有神通的人類可能是外星人的後裔。二〇九五年發明時光機器，100年之後，發生核戰，存活的人類不到一萬人。

假如搬上銀幕，拍成劇情片，會是驚悚片＋恐怖片＋戰爭片＋動作片，驚嚇指數破表，奇形怪狀的生物，恐怕兒童不宜觀賞，以免噩夢連連。展讀此書，除讓人目瞪口呆，還可能感到呼吸困難，忘記上洗手間，從頭到尾，一氣呵成，情節緊湊，高潮迭起，即使視為虛構的科幻小說，也不得不佩服作者才高八斗，創意十足。

一九七九年，卡特總統派出精銳的部隊大戰外星人，稱為道西戰爭，雙方傷亡慘重。目前，世界的人口已達79億，陰謀論者揭發強權國家研發新病毒，以消滅彼等認為是「累贅」的「異族」，二〇二九年，當可消滅部分的人類。但人算不如天算，萬一失控則會反撲到自己身上，結局就是同歸於盡，人類數千年所累積珍貴的文明，屆時將化為夢幻泡影。

推薦序三：一九七九年杜爾塞戰爭！是真？是偽？

廖日昇　地質工程師／全球趨勢觀察者
（二〇二一年10月於 Sunnyvale）

新墨西哥州的杜爾塞（Dulce 道西）確實是一個奇怪的地方。這是一個安靜的小鎮，坐落在新墨西哥州北部科羅拉多州邊境以南的阿庫萊塔台地（Archuleta Mesa 阿丘利塔台地）上。路過的遊客有時只看到一條邋遢的老狗懶洋洋地躺在土路旁，除了狗與偶然的行人，鎮上難得看到其他生物。一些人聲稱，在進入小鎮後，帶有深色窗戶的黑色車輛尾隨其後，直到他們離開市區範圍。

根據神秘人物布蘭頓（Branton）的信息，杜爾塞似乎是外星和地下爬行動物活動的主要通過點，地表操作的中央滲透區，以及綁架、植入、牛殘割議程的操作基地，它也是地下穿梭終點站的主要匯合點及 UFO 港口等。

據前杜爾塞基地安全官托馬斯・卡斯特羅（Thomas Castello）稱，這座特殊的地下城市是一個高度機密的基地，由人類以及爬行動物外星人和他們的工人組成。他們在這裡進行了大量的實驗項目，其主要工作是對被綁架的男人、女人和兒童進行基因實驗。

杜爾塞基地還有無數其他專業科學項目，包括但不限於：原子操作、克隆、人類超自然現象研究、高級精神控制應用、動物／人類雜交、視覺和音頻竊聽等等。新墨西哥州的杜爾塞確實是一個奇怪的地方，而其真實的面目是世界上第一個美國政府與外星人的生物遺傳學聯合實驗室所在，並在國家安全局（NSA）和中央情報局（CIA）的控制下得到高度保密。

UFO研究員約翰·羅德斯（John Rhodes）於一九九三年8月13日星期五在拉斯維加斯演講時，首次公開了杜爾塞基地第1層與第6層的平面圖。這些平面圖是從托馬斯·卡斯特羅交給其朋友的原件中復製而來的。

外星人使用上層的5、6與7層，那些較低的層次被托馬斯描述為一系列極其古老的天然洞穴，過去曾被不同的外星種族使用過。第5層是做為外星人住宅；第6層是做為基因實驗，它又稱「夢魘大廳」（Nightmare Hall）；第7層是做為低溫儲存。

托馬斯透露：第7層更糟，一排又一排的冷藏庫中庫存了成千上萬的人類和人類混種。這裡還有很多處於不同發育階段的類人生物的胚胎儲存桶。他說他經常遇到關在籠子裡的人，他們通常頭昏眼花或被下藥，但有時他們會哭著求幫助。托馬斯及其他工作人員被告知他們是沒有希望的瘋子，他們參與了高風險的藥物測試以治療精神錯亂。眾人被告知永遠不要試圖和他們說話。一開始眾人相信這個故事，但最終在一九七八年，一小群工人發現了真相，他們開始啟動了杜爾塞戰爭。

托馬斯的說詞最震憾人心之處是，杜爾塞地下基地不過是美國龐大地下穿梭網絡的一個站點，而其餘的站點則遍佈全國，它們縱橫交錯，就像一條無盡的地下高速公路。

據傳，一九七九年末杜爾塞基地曾爆發涉及人類與外星人的戰爭，這場戰爭的外力介入者是由卡特總統所派遣。[1]戴世軒先生以該戰爭為背景，創作了《道西基地新事件：外星人綁架華人懸案》的小說。全書以二〇〇九年他在倫敦郊外同一個中國難民的對話，及後來一名中國年輕女性在美國失蹤為引點，一口氣勾勒出一段不可思議的故事。書中主角CIA的X部門領導─喬治．雷德蒙似乎有著目前仍蹲聯邦監獄的前CAT─3指揮官馬克．理查茲上尉（Captain Mark Richards）的身影，又兼具前政府結構工程師菲利普．施耐德（Philip Schneider）的味道（他倆都缺二指及最後都喪命）。

閱讀之際讀者並不須去考究以上「對話」內容的真偽或有無中國女性失蹤這檔事，畢竟這些只是做為小說的藥引子。重要的是有無「一九七九年杜爾塞戰爭」這回事？若無這回事，則本書的創作純屬天馬行空，不過是另一部現代武俠小說罷了。

杜爾塞戰爭是否僅是一場傳說？一些告密者首先報導了杜爾塞的軍事對抗，其中包括菲利普・施耐德，他曾在杜爾塞基地、美國的另一個地下基地和全球其他地下基地的建設中擔任地質與結構工程師。此外，有關這場戰爭的細節全文早就登載於由參戰人員馬克・理查茲上尉編輯，及由布蘭頓於二〇〇一年冬季出版的《杜爾塞戰役》的「地球防衛總部」技術簡報中。[2]

從參戰與牽涉人員名錄來看，許多人在《杜爾塞戰役》出版時尚還活著，這些人包括（但不限於）任務指揮官阿德・霍爾特空軍準將（Brigadier General H. C. Aderholt）、指揮軍士長哈尼少校（Command Sgt. Major E. L. Haney）、CAT—4指揮官唐龍上校（Colonel R. H. C. Donlon）、羅伯特・特拉萊斯・赫雷斯將軍（General Robert Tralles Herres）、財務資助人亨利・羅斯・佩羅（Henry Ross Perot）與埃德溫・保羅・威爾遜（Edwin Paul Wilson）等人都是一九七九年末杜爾塞戰役的最佳見證人。更何況除了前政府結構工程師菲利普・施耐德外，還有杜爾塞基地前高級安全官湯馬斯・卡斯特羅的證詞[3]之支持，因此關於該戰役的真假是勿庸置疑的。

攻擊的目標發生在地下設施的最底層（即第7層）。這場衝突的確切原因（導火線）尚不清楚，但從各種證詞中可以看出，它確實發生了，並涉及大量死亡事件，其中包括美國軍事人員、杜爾塞保全人員和外星種族，及被關押的受害人。關於這一方面，小說做了生動的報導。

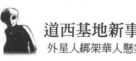

有興趣於了解一九七九年杜爾塞戰爭的前因後果，及進一步關懷人類未來命運的讀者，從小說閱讀做為入門磚可說是一個好開始。正如翻過《三國演義》再去讀《三國誌》，其間更能暢通無阻，瀏讀之際歷史真相或在其中矣。

註解：

1. Space Command – Project Camelot Interviews with Captain Mark Richards by Kerry Cassidy, 2013-2014. Interview 1: Total Recall – My interview with mark Richards, November 8, 2013。
https://www.bibliotecapleyades.net/sociopolitica/sociopol_globalmilitarism180.htm
Accessed 6/26/19
2. The Battle at Dulce. E.D.H. (Earth Defense Headquarters) Technical Brief.
Winter-2001 Edited by Captain Mark Richards, Published by – Earth Defense Headquarters
http://www.edhca.org/
Condensed and re-edited by 'BRANTON' with the permission of E.D.H.
https://www.bibliotecapleyades.net/offlimits/offlimits_dulce08.htm

Accessed 6/26/19

Note, this is a greatly condensed version of the 'DULCE BATTLE' Report… The full 166 pages version of this — and other E.D.H. Research Reports — are available at http://www.edhca.org/12.html

3. Bruce Walton (aka Branton), Interview with Thomas Castello– Dulce Security Guard. In Beekley, Timothy Green, Christa Tilton, Sean Casteel, Jim McCampbell, Dr. Michael E. Salla, Leslie Gunter, Bruce Walton. Underground Alien Bio Lab At Dulce: The Bennewitz UFO Papers. Global Communications (New Brunswick, NJ). 2009, pp.93-134

推薦序四：切勿擦身而過，這是世上最頂級的絕密外星人事件！

香港飛碟學會創始人及會長——方仲滿

被喻為「地球最暗黑頂級揭密負面外星人真相」的美國杜西基地，早年我們認識的，是七層宏偉沙漠地底基地、數十族以蜥蜴人為首的外星住客、萬人工作的「外星－人類」上班族、人類史上最惡心變態的生化實驗室照片、百多個位處美國而延伸出全球千多個的地底跨族基地、連接鄰國的地下城隧道車系統、幽浮專家放出的確鑿證據、人類職員攻陷最底層的叛變拯救、外星暗黑勢力與天狼星人地底之戰「氣化蒸發」掉數十人類……近年新聞，包括數萬失踪人口真正下落、廿載政府地質工程師正義揭發後的被自殺……

儘管証據多得不可能被掩蓋了，它仍能處在極高的保密狀態。杜西－究竟只是一個軍事基地，還是關乎地球命運的外星合作研究所？

從來，整個事件都非常「西方」，只有這次，有中國人的影子進入故事中……現在，邀請你享受一次擦身而過的天馬行空，然後再定論這絕密經歷！

自序

大千世界無奇不有，特別是我年輕時在英國留學那幾年，相對一切封閉的大陸，更是接觸到真真假假諸多難以辨別的事物，事實上，許多時候事實就擺在那裏，就看你以何種方式去解讀。由於我所在的是一個基督教國家，那裏的人們更願意將他們無法解釋的事情歸結於神的指示，但作為一個能獨立思考的人，在倫敦大學專研課程的同時我也會思考，如果上帝真有存在為什麼他只對美國情有獨鍾，美國立國不過二百餘年，按客觀規律絕無可能在百年間能成為世界霸主，就如同古代的日本，通過中國和朝鮮傳來的煉鐵技術用最短的時間就直接由石器時代過渡到鐵器時代，美國亦是如此，這一切若無外部勢力扶持絕無可能。

而我在倫敦期間發現哪裏還有許多比我還要激進的陰謀論者，他們認為外星人已經滲透到我們的社會，蜥蜴人，小灰人這些外星人出於某些原因，並不打算馬上接管地球，而是選擇在我們的世界扶持一個傀儡政府為其所用，這個國家就是它們的代言人，作為交換外星人會回饋一些先進的外星科技幫助這個國家強大，如晶片，克隆技術，隱形戰機……，但本著偏信則暗，兼聽則明。他們說的這些我並沒太上心，直到二〇〇九年在外倫敦我所住的 emgha 小鎮上邂逅了一個中國同胞，他給人的感覺35歲上下鬍子拉碴衣著也不是個講究的人，那時我每天回家前都要去小鎮上唯一那家Tesco超市購物，在那裏的長座椅上經常能見到他，由於住在鎮子上的中國人不是很多，一來二往我們就相熟了，之後在閑聊中，他說出的一些事情卻完全顛覆了我的認知。

他說自己正在躲避美國人追蹤，之前回大陸也被嫁禍陷害只好逃到這裏隱姓埋名申請難民，這一切都是因為自己曾和同伴們在一當地向導帶領下由暗穴進入到一個更為空曠洞穴，再由那裏潛進喚為「道西基地」的外星基地，去尋找他們在道西莫名失蹤朋友的下落，還自稱在那裏見到了兩架停靠的飛碟，一架三角形另一是雪茄狀，從與他交談中我知道原來道西基地真實存在，那裏周邊每年都會有人失蹤，有些人不久後回歸來卻已神志不清，有些失蹤者至今杳無音訊，記得當時他和我講了很多，大概半個月後我便沒有在Tesco中再見到他，不知是作為難民轉移到了別的城市還是被美國人找到了，總之我祝他安好，但他和我講的這些事情卻總以難以忘卻，便以小說形式將其中大部內情披露，不信者也可權作笑耳。

前言

在這個世上有些東西不管人們是否選擇去相信，它卻始終是存在的，因為事實就在那裡。西元一八六五年，美國新墨西哥州戈壁沙漠上，儘管南北戰爭結束已為時兩個月，但在這裡零星的戰鬥仍在繼續，一身披淡藍色軍大衣的男人伏在馬上，任由胯下戰馬肆意馳騁。他的狀態不是很好，滿臉紮起的鬍鬚讓人無法分辨年齡。在先前的戰鬥中，他左腿中了槍，雙手卻仍牢牢緊抓馬轡繩，因為此刻這成了他可以逃脫的唯一機會。在身後不遠處，三名北軍騎兵縱馬緊追不捨，不時地朝空中鳴槍示警，卻沒有人急於一槍將目標打落下馬，對他們而言，享受這種圍獵的感覺似乎更重要，期間一名騎兵用誇張的語調大聲叫道：「湯瑪斯！難道你就想用這匹老瘸馬跑到墨西哥去嗎？我敢說它比你的祖母也快不了多少，哈哈哈……」

「讓我們快點了結這件事吧！」另一個肩上有尉官軍銜的小頭目提醒看上去有些得意忘形的同伴們：「這傢伙組織武裝殺了我們七個人，是上面指名通緝的重犯，我們已經追出來好遠了，實在不行就把他屍體帶回去，不然我們可能就真的要追到墨西哥去了。」

就在幾人搭槍準備瞄準之際，卻見目標一溜煙躥上了前方高坡，翻下馬趺趺撞撞跑進了一處巨大的洞穴。

「他跑不了了！」小頭目歡呼了起來：「我們進去把他抓出來！」

然而進入洞穴，眾人才發現事情並不像他們想的那樣簡單，他們順著崎嶇的石壁道走了好遠，除了在地面上發現一些湯瑪斯帶血的腳印外一無所獲。前方的視野開始變得越發昏暗，幾個人的心情也越發糟糕。

「我們真應該就一槍斃了他！」走在最前面的人一邊往前走一邊回頭向同伴埋怨起來，話音未落他一腳踩空尖叫著順斜坡滑了下去。

「見鬼！」小頭目慌忙從地上拾起一根木棍往上裹幾圈繃帶，從腰間解下扁平酒壺撒上朗姆酒，點燃後做成簡易火把，二人來到同伴滑落的地方將火把向下探去，發現離到底端還有一段距離，「去拿繩索，我們下去！」小頭目朝部下吩咐道。

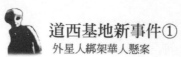

當他們攀著繩索小心翼翼地下到最底端後，一眼就看到在地上蜷成一團的同伴，「媽的！我的腿……我受傷了。」他哀嚎道：「那傢伙肯定不在這裡！就算是他也已經被摔死了，我們快點離開這裡……」

「住嘴！」小頭目不耐煩地呵斥一聲，他舉起火把環視四周，很快便發現不遠處岩石上搭著件有些眼熟的淡藍色大衣，那正是湯瑪斯的軍服，岩石下還有兩道血抓痕一直延伸進前方黑暗中。

「我想我們找到他了。」小頭上前拎起軍大衣轉身得意洋洋地展示給其他人看。就這樣，二人一左一右攙扶起受傷同伴，跟著血痕向前走去，越往前走光線越暗，他們手中的火把也僅能照見周圍50米的範圍。一路上，受傷的士兵看上去像是受到了某種驚嚇，不停地向身邊人述說他聽到周圍有野獸低吟聲，但很快就被小頭目不耐煩地打斷了：

「羅傑，如果你能夠閉上嘴那將會有益於幫你節約體力，怎麼可能呀！這種地方哪裡會有野獸……」說到這兒眼前火把映射出的景物突然讓他忘記了接下來要說的話，那是他一輩子都不曾見識過的，一個類似橄欖球的巨大橢圓形物體橫跨在他們面前，黑暗中它的沿面泛起陣陣綠色螢光「這是什麼玩意兒……」小頭目倒吸一口冷氣不由自主感嘆道，與此同時隨著一陣「啪啪」由遠至近清脆的響聲，整個地方都被籠罩在了刺眼的白織光照射下，直到這時他們才看清四周環境，這裡像是刻意被人為修葺過一樣，越往前走路面越規整，前方呈水晶狀晶瑩剔透的巨幅牆面下停靠著一排類似他們先前見到的物體，有的猶如球形，更多的則像是巨型雪茄。

眼前的一切讓這些闖入者有些手足無措，以至於他們也顧不上緝拿湯瑪斯，相互攙扶著轉身往外挪去。就在這之際，那呈銀白色光澤的橢圓物體沿面上突然閃過一個細長黑影，接著一個腦門凸起長有一副尖錐臉的類人生物低吟著從橢圓物體後轉了出來，它全身乳白色，身高近兩米，在它身後從那排物體間隙中又陸續走出了十幾個一模一樣的生物，它們看上去似乎十分生氣，張嘴齜出兩排利齒哈著熱氣，從四面八方圍上來將三個人類包圍在當中，走在最前面的一個生物擎起細長胳膊伸向他們，在這種情形下一名士兵被恐懼徹底沖昏了頭腦，他甩開受傷同伴搭在肩上的手，端起步槍瞄準了擋在前面的類人生物，小頭目見狀慌忙大叫一聲：「不要！」跟著上前欲去奪對方手裡的槍，但卻為時已晚了。隨著一聲槍響徹底劃破了洞穴中的寧靜，那些生物被徹底激怒了，它們晃動手臂亮出細長的尖甲爭先恐後地撲了上來，小頭目眼前所見的最後一幕是一副張著血盆大口的猙獰倒三角面孔。

「啊……！」隨著一聲淒厲的慘叫，鄭海濤一個打挺從床上坐了起來，黑暗中他能感受到的只有自己粗重的呼吸聲，這已不是他第一次做這樣的夢了，不知為何自從交了女朋友以後，鄭海濤總是隔三差五地夢見沙漠，穿著復古軍裝相互追逐的騎兵，以及黑暗洞穴裡那難以名狀的恐怖生物，為此他曾根據夢中對那些所穿軍服人的記憶查閱了《世界軍事百科》，發現與美國南北戰爭期間軍隊的著裝很像，他也曾將自己反復經歷的相同夢境半開玩笑地講給女友胡潔和死黨林春生聽，「你上輩子一定是參加過內戰的美國北軍！」林春生哈哈一笑調侃道，然而就在他們誰也沒有把這當回事的時候，鄭海濤的夢境卻開始變得越發真實了……

對話錄

個人將當年與道西基地外星人綁架華人事件的主角談論過程稍作描述，當事人本訪談錄中敘述當事人在文中全程以A標注，以下內容均出自我們那次的對話，十幾年過去了有些內容可能會有缺失，只能盡量回憶，也只能披露部分不是很重大的內容，其餘部分我會適度寫進小說中，我至今還記得那次見面他第一句話是這樣說的……

A：我可能在這兒也待不久了……

我：為什麼這樣說，是因為擔心你的case嗎？

A：那倒不是，在這裏其實黑下來更容易。還記得我和你說過我為什麼逃到這裏來嗎？那些美國人這一年來一直在找我，我在深圳還見過他們……本來以為躲到這裏能安穩一段時間，但近來我好像也在這裏見到他們了……

我：你應該是想多了，就因為你們曾進過那個洞穴他們就一直追蹤你？如果是那樣他們為什麼一直不動手？

A：因為他們可能是想一鍋端，他們應該是希望通過追蹤我慢慢找到那天進入那裏的其他人下落……

A：那個叫道西基地的地方並不是由美國人掌管的！那個帶我們由暗穴進去的嚮導回去後就死了，說是嗑藥過度，但我根本不相信，因為我相信我們在那裏面看到的東西足以讓一些部門殺我們滅口。

我：你都看到什麼了？

A：兩架飛碟！但不是傳統意義上我們會想到的那種，它們一個像雪茄前頭寬尾端很細，一個頂部三角形，下面和那個雪茄狀的差不多，都是銀白色。就停在洞穴裡一處很明亮的地方……那裡面還不止這些，我們還見到兩個穿迷彩服的美國士兵和一個小孩體型的外星人走在一起交流。

我：你們是在哪裡看到他們的？道西基地裡面嗎？

A：是的，第一層，那裡很多地方都安有監控我們進不去，只能在外圍一些地方活動，他們應該是沒發現我們，我看到那個外星小人喉嚨部位安著一個小儀器，應該是幫助它發出聲音的，他們都講英語。

我：那個外星人也說英語嗎？它穿不穿衣服？

A：是的，它嗓子很尖，有點像鸚鵡在說話，它全身白色的應該是光著的。

我：那就是說你們已經進入道西基地了，你們都去了哪裡？

A：我們到過一處停泊飛行物的空場，那裡還有很多和那個小個子一樣模樣的外星人，也有人類，他們應該是在一起工作。我還見到有類似警衛室的建築……

目次

第一章

來自新墨西哥州的微信

上有九霄三十六重青天，下有九幽十八層地獄，天道昭彰，皆有定數。

「親愛的，我和同事們今天抵達新墨西哥州了，這裡好熱呀，我們去過了佛羅里達，德州，還拍了很多好玩的東西，這是我們團建的最後一站，我想過幾天我就可以回來了，到時候我會提前通知你，你要到機場接我喲，我不在的這段期間你要好好吃飯，每天都要想我，愛你。」

這是3月10號鄭海濤最後一次收到女朋友胡潔的微信，自此以後女友便音訊全無，每當至此，鄭海濤都會陷入深深的悔恨和自責中。胡潔公司一年一度的團建活動這次選到了美國，為期兩個禮拜。所謂團建，源於英文team building，到了中國人這裡，無非就是花公司的錢出國四處玩一下，鄭海濤對此嗤之以鼻，但看到女友興致高漲的樣子，他自然也不會掃對方的興。記得胡潔上飛機的那天，鄭海濤親自開車送她去機場，直到把胡潔交到同行同事們的手裡，他才放心地離去，誰想一別竟成了永遠。在女友杳無音訊的兩個月裡，鄭海濤找過胡潔的公司，得知和女友一起參加團建的兩男三女五位同事也沒有回來，他嘗試在國內報警，並託在美國讀研的弟弟鄭海瑞想法聯繫美國當地媒體，但從鄭海瑞那邊回饋的結果來看，有幾家新聞媒體剛接觸時還饒有興趣，在問過六名失蹤中國遊客的姓名和個人資訊後便也沒有了下文，當弟弟把事態發展告知了鄭海濤後，他再也坐不住了。

「我要去美國找小潔！」晚上與鐵哥們林春生在三裡屯酒吧喝酒時，伴著吵雜的音樂，鄭海濤仰頭乾了一杯生啤後斬釘截鐵地說，一旁的林春生有些不敢相信自己的耳朵：

「我操，哥們你瘋了嗎，那邊不是已經報案了嗎？人家員警也在找，找不著你去了也沒任何作用，況且我們也不知道他們到底發生了什麼，還是先在國內靜觀其變吧？」

鄭海濤依舊不為所動，他望著舞臺上著三點裝正攀著鋼管起勁熱舞的舞女，猛地一拳砸在桌上恨恨地說：「不行！找不著我也要去找，是我把小潔送上飛機的，小潔現在這樣我有責任，春生，我走後這些天你替我照看一下公司吧！」

對於從小一起玩到大的鄭海濤，林春生太清楚他的性格，知道再勸下去也沒什麼意義，他把手裡露出屁股的煙蒂探到煙灰缸裡，狠狠撚了一圈道：「你那小破公司還是托別人幫你看著吧，這回我陪你一起去，我英語好，你又去過美國，到那邊咱哥倆也好有個照應！」

鄭海濤淡淡一笑算作是默許，回到家裡他點開微信群名為「美國失蹤案家屬聯盟」的微信群，將自己近期要去美國尋人的消息公佈了出去，很快他就得到了兩個家屬的回應，一個是女友同事林珊珊的丈夫王肅，另一個是男性失蹤者張楠的姐姐張薇，二人都表示已有美國十年往返簽可以說走就走。落實了計畫後，鄭海濤心中輕鬆稍許，雖然他也不確定這次美國之行是否就能找回胡潔，但是「做點什麼總比乾坐著等待強！」鄭海濤對自己說，隨後他又順手從牆上取下了兩個月前親手貼上去的報紙，主版一行黑字標題再次映入他的眼簾，「六名中國遊客在美國失蹤，最後出現地點是新墨西哥州」，每當看到這個標題，鄭海濤都會鼻子一酸，特別是新聞報導中最後一段，是失蹤六個人的資訊：

郭希聖　男　45歲　張楠　男　27歲

李燕霜　女　31歲　胡潔　女　28歲

趙小萍　女　25歲　林珊珊　女　31歲

「小潔，我來了！不管你在哪裡，我都要帶你回來！」鄭海濤看著手中有些磨損的報紙，心中默念著。

六月三號，鄭海濤組團帶著林春生，張薇，王肅一行四人經過三十幾個小時的轉機飛行終於抵達了美國新墨西哥州的阿布奎基機場，一行人推著行李剛出海關，鄭海濤一眼就認出了海關外等待自己的弟弟鄭海瑞，他比鄭海濤一行提前一天到達，兄弟二人也有兩年時間沒見面了，一番熱情地擁抱後，鄭海瑞拉過哥哥小聲地說道：

「嫂子他們失蹤後我也一直通過各種管道查詢，昨天早上我抵達後就去了當地警察局，警方調出了一部分他們掌握的資料給我看，嫂子失蹤的地點是在北部靠近科羅拉多的安丘利塔山，位於道西地區，那裡經常發生失蹤案，很多失蹤者都是遊客，他們說從嫂子失蹤案的類型來看，不同於謀殺或人為綁架，因為警方在案發地找到了嫂子同事的錢包，裡面現金和銀行卡都不曾被動過，除此之外他們毫無線索，能找回來的概率微乎其微，而且……」

「而且什麼！你快點說呀。」看著弟弟一副欲言又止的樣子，鄭海濤急了。

「而且，警方說嫂子他們失蹤的那片地方從一九四八年就開始有人失蹤，斷斷續續每年他們都會接到百餘起失蹤者家屬報案，如果算上那些沒有報案的，可能更多，這些失蹤案基本都破不了，因為毫無頭緒，但可以排除人為作案可能，昨天我在酒店裡和大堂經理不經意談到這事，他是當地人，他和我說這裡人都知道道西鎮周邊經常被來自另一個世界的人光顧，它們會帶走遊客。」

儘管鄭海瑞是在很嚴肅地去說這件事，可鄭海濤仍舊有種被愚弄的感覺：「你有沒有搞錯！我們大老遠飛來這裡你就給我講這個？我現在沒工夫聽你瞎掰，叫車了沒有？我們現在去當地警察局再次報案。」

說完鄭海濤便招呼林春生等人把行李從推車上拿下，眾人一出機場，立刻就有幾個黑人一擁而上，爭先恐後地指著自己的車招呼鄭海濤跟他們走。

「哥，來之前我租了一輛車，但是你們人多可能坐不下，我們在這裡再租一輛吧？」鄭海瑞扒開那些衝上來拼命拉客的黑人，詢問鄭海濤的意見。

這時林春生經歷了一路顛簸飛行後早已有些不耐煩了，他靠在機場玻璃門上，張開一把摺扇拼命地狂扇起來：「這裡好熱呀，不管什麼車不管去哪裡，只要趕緊離開這個鬼地方就行！」

正在他抱怨地正起勁的時候，一個瘦高個黑人男子忽然從機場門口拐角處衝到他面前，以猝不及防的速度一把拽掉了林春生腰間的LV腰包，直到黑人已撒腿跑出了老遠，大家都還沒從這突如其來的一幕中反應過來，特別是林春生愣了半天才大叫一聲：「媽的Fuck！You給我stop！」跟著便追了過去，望著林春跌跌撞撞地背影，鄭海瑞不解地問道：「哥，他剛才講的是什麼？」

「應該是中國特色的英語吧。」

「如果這裡就他一個懂英語的，那我們還不死定了！」

此刻林春生已無暇顧忌別人在他背後講什麼了，他正全力追捕前面搶劫自己的黑人男子，一轉眼，黑人跑過停車場鑽進一條小過道就不見了，等林春生趕到時，發現當下除了氣喘吁吁的自己四周空空如也，他不由得大聲罵了一句「Fuck！」

讓他沒想到的是，小過道的另一端卻突然有人叫自己，

「Hi Chinaman！Is that yours？」

說話間一個腰包被拋回到他的腳下，林春生抬頭看去，一個高大魁梧，戴著牛仔帽和黑墨鏡，身著黃卡嘰布夾克裝的白人男子不知什麼時候出現在了那裡，而那個剛才搶劫自己的黑人此刻則像拎小雞似的被他拖著跪在地上，

「Yes！Yes！Mine，thank you！」見自己的東西失而復得，林春生一把將腰包抓起，慌亂地用蹩腳英語答謝著。

這時鄭海濤等人也聞訊跑了過來，鄭海瑞來到白人面前，用英語再次向他致謝，那白人牛仔用餘光掃視了一番鄭海濤等人隨意問道：

「你們這些中國人，又是來賭博的嗎？這裡的黑鬼都學精了，特別愛打劫你們這樣的人，他們知道只有中國人喜歡帶著現金來這裡。」

「不，先生，我哥哥的愛人在這裡失蹤了，我們是專程來這裡找人的。」鄭海瑞邊說邊從攜帶的包裡把失蹤六人的海報翻出來遞給他看。

「哦，天吶，他們連外國人也不放過！」白人男子接過海報漫不經心地瞟了一眼又還給了鄭海瑞。

「先生，你剛才說的他們，是什麼意思？」鄭海濤用不嫺熟的英語追問道，雖然他的英語不算太好，但是仍能通過從對方的一段話裡捕捉的幾個敏感詞，大致推斷出整段話的意思。

「叫我傑夫。」白人男子終於介紹起了自己了，「你們外國人和來這裡的遊客當然不會知道，你可以稱他們為異形，也可以用更通俗的稱謂代指他們，比如外星人！實際上支配這裡的就是他們，他們經常綁架遊客但很少動當地人，被他們掠走的人多數是回不來的。」

自稱傑夫的男子說到這兒，拽起跪在地上的黑人轉身就要走，鄭海瑞連忙喊住了他，

「喂！等等，傑夫先生，你去哪兒？這個黑人搶劫了我的朋友，我們應該把他交給員警！」

「交給員警？得了吧，事情還沒有這麼嚴重，我現在要去把這小子還給露絲太太，可憐的露西要是知道她僅存的兒子要在警察局過夜的話，可又要犯心臟病了。總之，我對你家人遭遇的事情深表遺憾。」

傑夫說完拉起黑人頭也不回地走了，鄭海濤仍舊心有不甘，他總有種被愚弄的感覺，有著

同樣感覺的還有林珊珊的老公王肅，不懂英語的他聽了鄭海瑞的翻譯，用中文朝著傑夫的背影大聲喊道：「你說這一切都是外星人幹的，他們綁走了我的老婆，你有什麼證據？」

雖然聽不懂身後的中國人在喊什麼，傑夫還是停住了腳步，鄭海瑞追上去，把剛才的話用英語重複了一遍，傑夫有些不高興了：

「如果你們有興趣，可以到道西鎮中心的鐘塔樓去看一下，那裡每次周邊有人失蹤，人們都會把失蹤者的照片貼在塔樓的牆壁上，那裡的人都知道是怎麼回事，可誰也不會去找，人們所能做的就是儘量避免談起這些事情，直到失蹤者慢慢的被大家遺忘，順便也提醒一下你們，就算你們去了警察局，也不要指望會有什麼好結果，員警對這種事早已見怪不怪了，何況你們又是外國人。」

「不！我是不會放棄的，為了找到她，我願意嘗試一切！」

傑夫的話並沒有勸住鄭海濤，反而更加堅定了他的決心，聽到這樣的回應，傑夫沉吟了片刻，像是在思索什麼，隨後問道：

「兄弟，為了找回你所愛的人，你能付出什麼樣的代價？」

「我可以為了她死！」鄭海濤斬釘截鐵地說，雖然最後一個單詞鄭海濤錯把 die 用成 died，但傑夫仍舊明白了他的意思。

「好吧，既然這樣我可以給你們推薦一個人，他大致知道你們失蹤親人現在應該在哪裡，你們去找他，希望他能幫上你們！」說著傑夫從褲兜裡掏出筆和一疊小貼紙，在第一張上快速寫下了一個郵編和一串類似電話號碼的數字，撕下來遞給鄭海瑞，「我只能幫到這裡了，最後再次祝你們好運。」

辭別了傑夫，鄭海濤一行又順原路返回機場準備去租車。半道上，想起剛才的情景，林春生還是自我感覺良好：「想不到老美也這麼熱情好客，還稱我為 China man，中國男人。」此時鄭海瑞再也無法忍受林春生的自以為是了，他毫不客氣地嘲諷道：「你還好意思吹噓自己的英文？被人罵了還樂呵呵的和人家說 thank you！China man 是中國佬的意思！就如同黑人被人稱呼黑鬼一樣！」

「什麼？操他媽的老美，下次老子看到非 fuck 死他不可！」得知真相後林春生一臉的掛不住，但他除了罵兩句中英摻雜的粗話，什麼也做不了。

很快，鄭海濤就在機場旁的汽車租賃公司辦好了手續，鄭海瑞也把自己的車開了過來，一行五人分乘兩輛車向位於新墨西哥州與科羅拉多邊境的道西鎮駛去。一路上放眼望去，除了公路上的道路指示牌，就只剩下了峭壁岩石和荒涼的沙漠，偶爾車子也會和人為安放在路邊的稻草人擦身而過。快到傍晚的時候，一行人雖離目的地還有些距離，但終於抵達了道西區域，經過一番長途跋涉，疲憊早已寫在了每個人的臉上。於是鄭海濤建議略作休息：「前面有個加油站，開了快一天了，我們去把車子加滿，大夥也順便去弄點吃的。」

按照導航，車隊很快就找到了前方的加油站，讓人感到怪異的是，這個小型加油站邊上的入口處竟豎著一塊用紙板做的奇怪標誌，那是一個擁有橢圓形腦袋配著細長身體的小怪物，全身灰白色，纖細的胳膊上只有粗粗的三根拇指，正瞪著兩雙比核桃還要大的黑眼瞼注視著每一輛開進來的汽車，它身子下方的一塊牌子上寫道：「在這裡，我們就是上帝！」

「這是什麼玩意兒，想不到美國人也這麼無聊。」看到這一幕，坐在鄭海濤車後的張薇不由地嘟囔了一句。鄭海濤停好車，和弟弟直接向邊上一個戴著壓低棒球帽帽檐的工作人員走去，張薇王肅下車去找廁所，林春生則趁機進到加油站的超市裡面拿了一些啤酒和小食品。

「嗨，你好，請幫我們把兩輛車的油加滿！」遠遠地，鄭海濤就和對方打起了招呼，那個被帽檐遮住眼睛的工作人員沒有吭聲，起身從設備上抽出油槍指指停放的車輛，示意他們把車開過來，在鄭海濤去開車的時候，鄭海瑞趁機問道：「你們為什麼要設計這麼一個奇怪的logo，這是外星人嗎？」

對方冷笑著，瞪了他一眼：「我們可沒那麼無聊，陌生人，你們永遠也沒機會瞭解道西！在這裡，我們經歷的看過的，是你無法想像的！」說完對方扒開鄭海瑞，專心地給車子加起油來，不再理會對方的任何問題。

這時拐角處廁所裡忽然傳來一陣張薇驚恐的呼救聲。等鄭海濤兄弟趕過去張薇早已跑了出來，她扶著一棵樹氣喘吁吁，一臉驚魂未定的樣子，看到鄭海濤，她用手指著廁所，拖著哭腔叫道：「剛才我在上廁所，隔壁隔間裡有個怪物扒著隔板往下偷窺我！它腦袋是兩瓣的，沒鼻子，五官擠在一團，下巴底下還有兩條長肉鬚來回動，嚇死我了！」跟著她便哭了起來。

「你們等等，我進去看看！」鄭海濤說著直接向女廁所走去，卻被鄭海瑞叫住，「哥，等一下，我後車箱裡有根棒球棍，你拿上再去。」

鄭海濤提著棒球棍，來到廁所門口，看到王肅也在那裡徘徊，鄭海濤給他使了個眼色，兩人一前一後小心翼翼地摸了進去，從裡面的環境來看，這個廁所應該已經荒廢多時了，由於不是經常有人使用和打掃，地上牆上到處都是污垢，最盡頭的一個隔間門板由於螺絲鬆動，大半已脫離了門框，只剩下一處還鬆鬆垮垮地掛在上面，給人一種搖搖欲墜的感覺。鄭海濤示意王肅堵住門口，自己高舉棒球棍輕輕地向那一排隔間走去，儘管他努力讓自己走地杳無聲息，但腳下還是會不時地踩到垃圾發出一些不必要的響聲，正當鄭海濤走到第一個隔間正準備伸手拉門的時候，只聽「嗷——」的一聲，一個穿著扮相和張薇描述一模一樣的怪物咆哮著從他頭頂兜著風聲撲了過來，一下將鄭海濤狠狠地砸在了地上，鄭海濤只覺得自己的咽喉被一雙長滿黑毛的大手用力鉗住，就在自己被掐地馬上要失去意識的時候，只聽門口用英文傳來一聲大吼：「他媽的羅傑！你給我滾回去！」

聽到呵斥，那怪物馬上鬆了手，「啊——啊——啊」地怪叫著悻悻走開了。一個穿著格子襯衣，兩鬢斑白、滿臉絡腮白鬍的老頭走了進來，他直接來到還在喘著粗氣的鄭海濤面前，一面伸手將他拉起一面說道：「年輕人，剛才沒有嚇到你吧？那是我的兒子羅傑，他對人很友好，特別是喜歡女人！」

「是呀，我們都喜歡女人，老羅傑的孩子真是可憐呀，被外星人擄走那麼多年，他們給他注射了一些藥物，回來後這孩子就變成了這個樣子！」

不知什麼時候，那個替鄭海濤加油的工人也湊了過來，站在被他稱作老羅傑的老頭身後補充道。老頭似乎很不喜歡有人在這個時候多嘴，他回過頭，狠狠地瞪了對方一眼罵道：「該死的，趕緊回去幹你的活去，你要再多嘴我就讓你屁股開花！」

工人討個沒趣，對鄭海濤聳了聳肩轉身走開了。老頭接著說道：「別理這傢伙，他就是個國際大嘴巴，我是這個加油站的老闆，很抱歉我兒子嚇到了你們，他是生了一場病才變成了這個樣子，醫生也都對此無能為力，是疑難雜症。」說著老頭一指加油站的方向，順著老頭指的地方望去，鄭海濤看到一個佝僂著腰，兩瓣腦袋的怪物跟在戴棒球帽員工的身後一顛一顛的走了。

「那麼，你們為什麼要在加油站豎一個外星人模樣的牌子？」鄭海濤問。

「只是因為好玩，沒別的意思，大家都傳這裡有外星人出沒，所以每年都會吸引大量的遊客來這裡觀光，我們就以此招攬生意，好了。我要去忙了！」老人說完，撂下鄭海濤自顧自地走了，鄭海濤揉揉被撞得還隱隱作疼的屁股，踉踉蹌蹌地走了出去，他還沒有從剛才的驚嚇中完全恢復過來，只想趕緊離開這個怪異的地方。車加滿了油，車隊又重新上路了，經過半個多小時的路程，一行人終於抵達了道西鎮。這時已是下午四點多，小鎮建在半山腰上看著不大，導遊圖上介紹整個小鎮也不滿900人口，這會兒小鎮上的行人很少，街道邊上的商鋪大多關著門，在這樣的環境下最引人注目的還是街邊一塊高懸的看板，上面印著三個外星人，形象和在加油站鄭海濤他們看見的差不多、沒有多大變化，牌子上一行英文：歡迎來到道西鎮。

由於天色近晚，怕再晚就訂不到旅館，鄭海濤決定兵分兩路，林春生和王肅開車去尋找旅館，自己和張薇則在弟弟的帶領下再次前往道西鎮警察局報案。三人趕到警察局已是下班時間了，警局裡十分冷清，除了一個坐在前臺值班的黑人胖員警外，裡面看不到什麼人。這時那個員警也一眼認出了鄭海瑞，朝著他不滿地嘟囔了一句：「你怎麼又來了？這回跟著你的又是誰呀？」

鄭海瑞見狀，連忙走過去恭敬地說道：「員警先生，這是我哥哥，他們千里迢迢從中國趕過來，只為尋找他的愛人，旁邊這位元女士也是相同情況，她的弟弟也是一同失蹤的，他們都很著急，你能明白那種失去親人的痛苦嗎？」

「是呀，先生請幫幫我們吧，這是他們的失蹤報導，上面有他們的照片和走失時間。」這時鄭海濤也湊了上來，將早已準備好的報紙遞給了黑人員警。

「我們昨天就和你說過了！道西鎮每年都有那麼多的人失蹤，而且都沒留下什麼線索，我們能做的只有把這一類的案件列為失蹤案先掛起來……」

就在雙方交涉的時候，值班室裡屋傳來了一個低沉的聲音：「湯米，是誰又來報案了？」

「是一群中國人，其中一個昨天來過，兩個月前他們有六個人在這裡失蹤了。警長，你要不要出來接待一下？」那黑人員警本來就不大願意管鄭海濤等人的事，現在見有人問，立刻把皮球踢了過去。一會兒的功夫，裡屋門開了，一個白人員警走了出來，鄭海濤定眼一看，發現此人正是早上在機場停車場幫林春生拿回腰包的傑夫，唯一不同的是，這會兒的傑夫穿著一身員警制服。

「噢，見鬼，想不到你們還真來了！」傑夫用手一拍腦門，露出一副無奈的表情，「既然這樣你們就跟我來吧。」說完，傑夫便將鄭海濤三人帶到接待室裡，讓他們坐下後，他劈頭問道：「你們為什麼不和我寫給你們的人聯繫？你們去找他尋求一些幫助可總比你們三番五次地來這裡有用多了！」

「傑夫先生，我只想找回我的女朋友，如果連員警都無能為力的話，那還能有誰可以幫助到我們？」這時的鄭海濤已是絕望到了極點，他幾乎是聲嘶竭力地喊道。本來就承受著巨大壓力的他面對當地員警對此事的不斷推諉，終於負面情緒大爆發了。

「冷靜，冷靜！朋友，聽我說，你為什麼總是這麼固執？總是拒絕相信別人告訴你的任何事情，早上就和你們說過了，想必這一路上你們沿途也看到了一些東西，那絕不是當地人的圖騰崇拜，事情的出現都是有原因的。他們在這個地方的時間比美國誕生的時候還要早，大概在一九四七年，美國政府秘密和他們簽訂協定，允許他們在這裡建築基地，甚至可以定期綁架一些人和牲畜，作為換取外星人先進科技的一種交換。其實我本該不和你們這些遊客說這些的，因為我是公職人員，向外人談論這樣的核心機密被知道是要遭受制裁的，但早上兄弟你為找回女朋友的決心真的感動了我，我才給你寫下了能幫你們人的聯繫方式，但你卻一直在拒絕我的幫助！」

正在這個時候，門被推開了，一個大腹便便、滿面油光的中年男子端著咖啡杯走了進來，「傑夫，出去！」他命令道，「讓我來接待這些可憐的人。」傑夫順從地站了起來，與鄭海濤擦身離開時說道：「這是我們的局長，威爾遜先生。」說完他頭也不回地離開了接待室。威爾遜局長把咖啡杯撂到桌子上，打量了一番鄭海濤等人不緊不慢說道：「湯米和我說過你們的事情了，我勸你們還是回中國去等吧，辦案是我們的職責，就算你們來這裡也改變不了什麼，這是我個人給你們的建議。」

但是聽這話的人卻並不領情，在鄭海瑞把局長的話翻譯出來後，張薇蹭地一下站了起來，紅著眼圈用中文哽咽道：「局長先生，不知您是否經歷過親人失聯的滋味，我的弟弟才27歲，清華大學畢業，他是那麼的優秀，我們全家都以他為榮，弟弟失聯的這段時間，我媽媽的眼睛都快要哭瞎了……」

「天吶，這個瘋女人！」望著眼前情緒激動的張薇，威爾遜皺著眉頭顯出一臉不耐煩的樣子，可鄭海瑞卻不知該不該把威爾遜剛才的話翻譯給張薇聽。

「總之，你們必須儘快離開這裡就對了！這兒不歡迎你們！」威爾遜下了最後通牒，然後又補充了一句：「如果讓我發現你們這票人在鎮上搞什麼動作，我一定會讓你們吃不完兜著走，我會注意你們的！」說罷威爾遜頭也不回地向外走去。

「局長先生！請等一下」鄭海瑞心有不甘地叫道，「道西鎮到底有沒有外星人在綁架遊客？」

「沒有！」說完這話威爾遜就消失在了樓道拐彎處。。

從警察局出來天色已暗淡下來，「唉，又是無功而返。」鄭海瑞不由地抱怨起來，鄭海濤卻久久不作聲，似乎在思考什麼。

半晌，他才問鄭海瑞：「老弟，傑夫寫給我們的那個聯繫方式在哪裡呢？」

「在我這兒呢，你要嗎？那個傑夫讓我們找的人好像叫喬治·雷德蒙。」

「回頭再說吧，我們先找地方住下來，趕緊聯繫春生他們，不知他們旅館找的怎麼樣了。」

當晚，五個人住到了道西鎮一家叫做「holiday town」的小酒店，酒店的第一層是個酒吧，但由於顛簸勞累了一天，再加上眾事不順，所以誰也沒有閒情去喝酒。安置好了行李，鄭海濤看看表才七點多，於是他決定出門轉一圈。路過一層小酒吧門口時，鄭海濤看到林春生竟然在那裡端著一瓶啤酒和兩個膀大腰圓的老外有說有笑地開懷暢飲。看到這幕，鄭海濤立刻氣不打一處來，他直接走過去朝著林春生後頸來了一下，罵道：「怎麼現在這時候就你小子沒心沒肺的，早知道根本就不應該帶你來，不過也好，至少這趟我算是見識到你的英文水準了。」

「不是呀！我是在幫你探聽消息，這是辛格，他說大概兩個月前有人撿到了一個攝影機，拿到他媽媽開的二手店裡要賣給他們，被他們留了下來。檢查設備時，發現裡面還有錄有很多沒有洗掉的影片，記錄的都是一群中國人，我想可能是小潔他們！」面對鄭海濤的指責，林春生委屈地說道，跟著又不忘得意地加了一句，「怎麼樣，我的英語水準還可以吧？」說完，他一指身旁一個頭裹三角圍巾，帶著黑墨鏡，留有山羊鬍子的魁梧壯漢對鄭海濤說：「這就是辛格！」

鄭海濤此刻眼前忽然一亮，彷佛看到了希望的曙光，但似乎又有些不放心，他湊到辛格面前和他握了握手，小心翼翼地問道：「你們拿到的那個攝影機是什麼牌子的？」

「嗯，索尼的，一個黑色的攝影機。」辛格努力地回想了一下說。

聽到這裡，鄭海濤的心一沉，他清楚記得女友走的前夜是自己和她一起收拾的行李，知道女友旅遊的時候喜歡錄影拍照，所以他特意將一個黑色的索尼錄影機放進了胡潔的行李包中。

「那錄影機裡面錄得東西還在嗎？」鄭海濤又顫聲追問了一句。

辛格點點頭，仰頭將手裡的半瓶啤酒一飲而盡，一抹嘴說道：「嗯，我們拿到東西的時候看過機子主人的錄影，特別是最後錄的一些東西，非常詭異，這樣的影片是很少能夠看到的，所以我們也一直沒有刪除。老實說，我們應該把這些東西交給警方的，但員警似乎也管不了這類事情，所以我媽就將東西暫且保留了下來，也許有一天機子的主人或是機主的朋友能來這裡尋找，也好當面還給他們。今天太晚了，如果這東西像是你們失蹤朋友的，明天上午你們來鎮上的老約翰二手電器鋪來拿，我和我老媽會在那裡等你們。」

對於辛格的好意，鄭海濤自然是不能沒有表示，作為報答，他去吧台又買了一打啤酒，與林春生一起和那幾個老美暢飲起來。但是白天的路途勞頓再加上肚子裡沒食物墊底，剛一瓶啤酒下肚，鄭海濤就感到一陣噁心，胃裡也是翻山倒海，酸水都快湧到了嗓子眼，鄭海濤再也受不了了，他站起來，用手捂著嘴奪路沖出去，一到門口就迫不及待地蹲到地上狂嘔不止，吐乾淨後鄭海濤感覺舒服了不少。他起身正要回去，卻突然發現酒店的前方道路上停著一輛警車，裡面坐在司機位置上的員警正注視著自己，看鄭海濤也在往這邊看，那員警一打方向盤把車開走了。雖然整個過程雙方沒有任何交流，一絲不詳的預感卻襲上鄭海濤心頭。他回到座位後卻沒把這事和林春生講，因為他也不能夠確定剛才的警車和晚上他們去過的警察局是否有關聯。由於身體不舒服，鄭海濤又勉強坐了一會兒就上樓睡覺了，臨睡前，他去找了王肅和張薇，告訴他們自己找到了一些線索，明天一起去老約翰二手電器店。

第二天上午十點半，鄭海濤駕車帶著王肅張薇如約抵達了鎮中心街道拐角處的老約翰二手店。辛格沒有在，他的媽媽，一個佝僂著腰走路、顫顫巍巍的老太太接待了他們。鄭海濤說明來意後，老太太點點頭說道：「年輕人，我在這攝影機存儲的影像裡見過你，你摟著一個女孩，她應該就是機子的主人。」說完，她轉身走到角落裡的貨櫃前，踮起腳從上面拿下一個黑色的物體，送到鄭海濤他們面前，喃喃地說道：「東西送過來的時候鏡頭已經摔裂了，不過仍舊可以去看裡面的影片。上帝呀，發生在他們身上的事情實在是太可怕了，雖然我聽不懂裡面的中國人在說什麼，不過我對他們的遭遇深表同情。」

鄭海濤接過東西，發現這正是自己帶給胡潔的攝影機。一瞬間，他的腦海裡一片空白，「完了……完了，他們出事了……」同時，他也從沒感覺到自己像現在這樣糟糕。見鄭海濤拿著攝影機像被施了咒一樣一動也不動，身邊的王肅連忙捅捅他勸道：「兄弟，我和你一樣，我也很擔心珊珊，我們還是先看看裡面的內容吧！」

這倒提醒了鄭海濤，他熟練地擺弄了幾下攝影機就調出了3月份的影片，影片是從胡潔他們抵達美國的第一站開始錄的。從畫面顯示來看，應該是六個人在輪流拍攝，從3月3號到3月9號期間，記錄的都是一些眾人吃喝玩樂的鏡頭，沒什麼意義。直到鄭海濤將進度快轉到3月10號時，鏡頭裡出現了一個熟悉的畫面，那是道西鎮中心，剛剛鄭海濤還開車路過了那裡。影片裡，胡潔和林珊珊手拉著手對著鏡頭一邊倒退著走一邊用誇張的語氣解說著：「哈囉，哈囉，電視機前的觀眾朋友們，現在我們位於美國南部最神秘的區域——道西鎮！盛傳這裡是外星人經常光顧的地方，鎮子上也到處都是和外星人有關的東西，聽說離這裡不遠的安丘利塔山就是時常出現UFO的地方，所以今天我們六人組要去一探究竟。」跟著，趙小萍和李燕霜也跳到鏡頭前，幾個人一陣嬉鬧。這時錄影忽然中斷了，等再出現畫面時，已是在郊外了，這時天色已朦朦黑，鏡頭裡幾個人正忙著升篝火和搭帳篷，忽然鏡頭前方遠處的一道亮光劃破了黑暗的天際，跟著鏡頭旁傳來一個男人急促的聲音：「天吶，你們看到了嗎？那是什麼！說不定真的是飛碟！」

看到這裡，圍在一旁的張薇不由地失聲叫了出來：

「這是我弟弟的聲音！是阿楠！」

由於太激動，她忍不住用手捂住嘴，儘管強忍著但兩行眼淚還是悄悄地淌了下來。影片裡畫面仍舊在繼續，鏡頭一轉出現了一個年輕男子的特寫，那正是張楠。

「胡潔，珊珊，你們幾個女孩留在這裡別亂跑，郭老師，我們過去看看吧？」

「你們別逞強，多危險呀，別過去了，誰知道剛才那是什麼？」這是胡潔的聲音，跟著攝影機被交到胡潔手中，由她繼續拍攝。畫面裡，張楠和一個背著紅色登山包的中年男子正在逐漸走遠，「有什麼情況及時打電話呀！」林珊珊對他們背影喊道。

鏡頭又中斷了，許久才出現了畫面，此時三個女孩依偎在篝火旁，唯獨不見李燕霜，應該就是她在拍攝。

「天呀，他們去了那麼久，不會出事了吧？」張小萍焦急地一個人自言自語說道。

「呸，呸，呸！烏鴉嘴，打電話給他們不就知道了。」鏡頭裡，胡潔拿出手機，撥號後放到耳邊卻半天也沒下文，「打不通，我的手機也沒訊號了！」胡潔檢查了一下手機後叫道。

「哎呀，我的手機也沒訊號了！」是林珊珊的聲音。

「我的也沒有了！」

「我的也是！」

正說著，遠處暗黑的天際忽然升起了一輪五彩斑斕的亮點，大概有十幾個之多，在空中交織在一起來回亂竄，同時慢慢地向這邊推進。

「它過來了！天呀，珊珊快跑！」胡潔叫了起來，她顫抖的聲音裡透著恐懼。同時，鏡頭畫面開始來回亂晃起來，大概持續了半分鐘錄影便被人為終止了。

看到這，鄭海濤開始意識到這起失蹤案已不是之前自己想的那樣簡單了，也許真的正如傑夫所言，有一股神秘的力量介入讓這起失蹤案越發撲朔迷離。

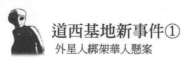

鄭海濤關閉了攝影機，試探著問老太太：「我能把它拿走嗎？我要回去好好再研究一下，這台機器裡記載的東西對我真的很重要！我可以再付您一些錢作為補償。」

誰知老太太卻擺擺手很爽快地說：「別傻了，年輕人，這東西本來就是你們失蹤朋友的，我不要你們的錢，你把它拿回去吧，希望你們能早日把這些女孩子找回來。」

回到酒店後，鄭海濤馬上回到自己的房間，把門鎖好後，他迫不及待地打開了攝影機，繼續接著上回往下看，這時錄影的時間顯示已是第二天11號上午，鏡頭裡還是三個女孩，說明昨晚有驚無險，而她們所處的地方像是在一片森林裡，對著鏡頭林珊珊沮喪地說道：「我們這是在哪呀？昨晚跑了一夜，我們是不是還在山上？」

忽然，畫面一轉被定格在了前方，只見一片矮灌木叢中一個紅色的登山背包斜掛在那裡。

「那是郭老師的背包！」女孩中有人認了出來，林珊珊跑過去想把包拿回，到了跟前伸出的手卻縮了回去、跟著尖叫起來：「這上面還有血，郭老師他肯定出事了，我們快去報警吧！」

正說著，前方的灌木叢傳來一陣嘩啦嘩啦的聲音，「不好，有人來了！快躲起來。」胡潔壓低聲音提醒同伴，幾個女孩轉身向身後一處凸起的土堆跑去，但即使是在躲藏的時候，攝影機也一直在拍攝。很快，就看前方兩個高大的白色身影走入進了畫面中，他們個頭目測都在2米左右，全身都罩在一個類似巨大龜殼的白色防護體裡，且披著白色的斗篷，面部位置嵌著一面防護板似的物體，以至於根本無法看清樣貌。只見他們來到背包前，其中一人雙手把它捧起來舉到面前，歪著頭似乎是在研究什麼。突然，他丟掉背包猛一轉身，一下與正在偷拍的胡潔他們撞了個對臉。

「嘎——」他突然發出一陣類似動物尖銳般的叫聲，朝躲藏在土堆後面的女孩們衝了過去。

「快跑呀！它過來了！」女孩們拖著哭腔叫著四處逃散，鏡頭畫面也大幅度的晃動著，拍攝的都是腳下快速後退的地面，應該是錄影人正在逃跑而忘了關攝影機。

這時，攝影機似乎是又調好了角度，又有畫面出來了，畫面中遠處兩個罩著白色龜殼的巨人一人肩上扛著一個女孩正在往回走，那兩個女孩是林珊珊和李燕霜，此時她們伏在巨人的肩上一動也不動，似乎已經昏了過去。而眼尖的鄭海濤同時發現，那兩個2米高的神秘人，或者應該稱其為「類人體」，他們的屁股後面都拖著一條又長又細的白尾，隨著他們走路在來回擺動著，尾巴的末端長著一個類似針筒狀的物體。

「這是什麼鬼玩意兒！」鄭海濤暗自感嘆道。而影片裡再次傳來了胡潔的哭聲：「完了，完了，他們抓走了珊珊和燕霜！」畫面裡，胡潔蹲在地上，雙手抱頭把腦袋埋在雙膝之間，絕望地哭著。

「胡姐，別哭了，我們跟著過去看看吧，至少確定了他們的位置我們才好回去找員警求助呀。」這是正在錄影片的趙小萍聲音。於是，畫面便跟拍著那兩個類人體的背影不斷向前推進，突然，趙小萍小聲叫了起來：

「哎呀，胡姐，你踩到什麼了！」跟著畫面一下被切到胡潔身上，只見胡潔站在一片草叢中，她的腳下正壓著一隻從草叢裡伸出的人手，經趙小萍提醒，胡潔也「哎呀」一聲，嚇得躲閃到一邊。半晌，她才敢鼓足勇氣重新湊上去，用一根大樹杈的末端，小心翼翼地將連接著那只胳膊的其餘部分也一起從草叢裡扒了出來。果不其然，那是一具亞洲人中年男性屍體，他的衣服全部被撕爛，一絲不掛，屍體遭到開膛破肚，似乎有一些器官被取走了，一群蒼蠅正伏在屍體的創口處貪婪地享受著他們的盛宴。

「那是郭老師！嗚嗚……郭老師死了，胡姐，我們該怎麼辦？」趙小萍被眼前的畫面嚇得哭了起來。

「別哭了，小萍，我們現在下山去，趕緊報警！」胡潔雖然沒哭，但聲音也哽咽起來。在這裡影片又中斷了，鄭海濤查看進度，發現整個影片快要放完了，只剩下不到一分鐘的內容。他快轉了一下，很快就跳到了最後一段錄影，此時距上一段影片已是六個小時以後了，天也有些擦黑，畫面裡不見一個人，空曠的山野裡只能聽到胡潔一個人急促的粗喘聲：

「現在只剩下我一個人了，剛才有飛碟路過，它們吸走了小萍！它們也在找我，海濤！你在哪裡？我好怕，快來救救我呀……」影片裡，胡潔哭訴的聲音再次傳入到鄭海濤的耳邊。此時，鄭海濤徹底失控了，看著畫面裡自己女朋友身處險境在呼喚著自己，而自己卻什麼也做不了，鄭海濤把攝影機放到一邊，像一頭發了瘋的困獸，雙手攥拳一邊拼命捶打自己的腦袋一邊嚎啕大哭。

正在這時，從攝影機裡傳出一陣轟隆隆沉悶響聲，鄭海濤擦乾淚水重新拿起攝影機，不由地倒吸了一口冷氣。根據影片的角度，是胡潔舉著攝影機在拍攝，畫面裡在她頭頂上方三英尺高的地方，一個巨大的三角形飛行器轟鳴著緩緩壓了過來，很快就將胡潔罩在了它的陰影裡，接著一道藍光徑打向鏡頭，

「啊～～」隨著胡潔的慘叫，畫面忽然一下飛到了空中。幾秒鐘後，一張橢圓形的灰臉湊到了鏡頭前，它沒有鼻樑，鼻區的位置只有兩個塌落的鼻孔，嘴巴是一個凹縫，它用一雙沒有眼皮的黑色大眼瞼打量了一下鏡頭後，整個畫面就黑掉了。看到這裡，鄭海濤突然意識到自己已沒有多少時間了，他開門衝到對面鄭海瑞的房前，一面砸門一面叫道：「老弟！傑夫給我們介紹的那個叫雷德蒙的人你還能聯繫上嗎？」

第二章

喬治・雷德蒙

幾百年前，歐洲殖民者們來到非洲大陸和部族酋長簽訂協定，用損壞的步槍和機械物品換取當地黑人作為奴隸，為了得到先進武器，非洲貴族們成為了殖民者的代理人，不到一百年的時間，整個非洲大陸就淪陷成了歐洲人的殖民地。今天，歷史將會再次重演。

當鄭海瑞根據從傑夫那裡拿到的貼紙撥通了雷德蒙電話那一剎間，他們兄弟怎麼也不會想到，一切都將會從這裡改變。在越過兩段等待忙音後電話終於通了，話筒裡傳來一個標準的美式口音：

「是誰？說話！」聲音雖聽著蒼老卻很有力度。

一旁的鄭海濤搶過手機鼓足勇氣問道：「您是喬治．雷德蒙先生嗎？我的女朋友被ＵＦＯ綁架了，我想知道是否能得到您的幫助……」

「你打錯了！我要掛了。」不等鄭海濤說完，電話那頭的聲音就變得有些不耐煩了。情急之下鄭海濤急中生智大叫一聲：「等等！是傑夫先生給我們你的聯繫方式。」此話一出，對方先是一陣沉默，接著又自言自語起來：

「傑夫？又是那小子，總是給我添麻煩……」突然，他又像是想起什麼似的問了一句，「你們的電話有沒有被人竊聽？」

「沒有！先生，我們是昨天才來到這裡。」

「嗯，那好吧，晚上七點我會在道西鎮的 Monkey Bar（猴子餐吧），如果你們想找我喝一杯的話。我穿一件米黃色夾克，一切見面後談吧，我現在要掛了。」說完，不等鄭海濤做出反應，電話那頭便恢復成了忙音狀態。

「怎麼樣？他怎麼說？」鄭海瑞湊上前問道。

「他好神秘。」鄭海濤聳聳肩，打開百度地圖，開始查找道西鎮 Monkey Bar 的位置。

晚上七點過十分左右，鄭氏兄弟才驅車抵達了 Monkey Bar。之所以延誤了一會兒是因為半路上透過後視鏡，鄭海濤發現總有一輛黑車不緊不慢地跟在他們身後。很快鄭海瑞也發現了這個情況，「哥，我們被跟蹤了！這輛車都跟著我們開出好幾公里了！」

鄭海濤表現地還算冷靜，他一手把著方向盤，一手拿起電話打給了林春生。

「春生呀，我們遇到麻煩了，有輛車在跟蹤我們，我們現在在ＸＸＸＸ位置，你開海瑞的車快點過來！不管用什麼辦法幫我們擺脫它！」

「你讓他過來幹嘛，還嫌他不夠惹事？」鄭海瑞不解地問。

「我現在能用的也只有他了。」鄭海濤邊說邊駕車繼續和後面的黑車兜起了圈子。他心裡沒說的是，他這位好友總是有辦法在緊要關頭化險為夷，似有神明在庇佑他一樣。過了大約二十分鐘，鄭海瑞的紅車也出現在了鄭海濤後視鏡範圍裡。林春生開車繞到跟蹤鄭海濤的黑車屁股後頭，加大馬力狠狠地撞了上去，隨著「哐！」的一聲巨響，那輛黑車被拱出了公路。鄭海濤趁機一踩油門，遠遠地把追蹤者甩在身後揚長而去，鄭海瑞此刻卻怎麼也高興不起來，「完了！完了！這可是我租的車，這麼撞法不知要賠多少錢，我要殺了你那個死胖子朋友！」他雙手揪著自己頭髮痛苦地叫道。

雖然成功擺脫了跟蹤者，但鄭海濤他們最後還是遲到了，因此一進餐吧他們便左顧右盼到處尋找起來，生怕雷德蒙因為等地不耐煩一走了之。

這是一家典型的鄉村風格餐吧，棗紅色木質的地板配著簡易的桌椅，牆上釘著一個梅花鹿頭作為裝飾。角落裡高懸的電視裡正播放著季度職業棒球賽，雖然已經到了用餐時間，餐吧裡的人卻並不多，稀稀拉拉地只坐了三四桌，因此鄭海濤他們很容易就在懸掛電視下方的角落裡找到了坐在那裡的雷德蒙，正如電話裡所說，他穿著一件米黃色夾克，梳著過時的分頭，頭髮早已花白，他的眼睛酷似哈里森福特，眼神卻要比後者更加犀利，比起這些讓鄭海濤更感興趣的是這個人左手沒有了小拇指和無名指。鄭氏兄弟對視了一眼，趕緊走上前去。

「對不起，雷德蒙先生，我們遲到了，因為我們被……」鄭海瑞剛要向對方解釋之前發生的事情，卻立刻被哥哥狠狠地擰了一下大腿，他忙識趣地閉住了嘴。

「雷德蒙先生，你好，抱歉久等了，我叫鄭海濤，這是我弟弟，我們從中國來。」鄭海濤一面把雷德蒙桌子對面的椅子往外拉，一面將手伸向了雷德蒙。

而雷德蒙似乎並不準備與他握手，只是點點頭面無表情地說道：「坐下吧，你女朋友失蹤多久了？」

「快兩個月了，之前我們一直在努力尋找，直到昨天我發現了我女朋友失蹤時遺失的攝影機，看到了裡面記載的一些東西，我才給您打電話！」說著，鄭海濤從隨身攜帶的包裡拿出攝影機遞給了雷德蒙，在雷德蒙捧著攝影機專注看影片的過程裡，鄭氏兄弟靜悄悄地坐在那裡大氣都不敢喘一下。大約過了十幾分鐘，雷德蒙終於看完了影片。

「好吧。」他將攝影機放到桌上說道：「從你朋友錄製的影片裡，我發現了不止一種外星訪客，事實上在道西這個地方，已知的就有37種外星人存在了，他們躲在我們不易察覺的地方，通過在人類中選定的代理人替他們獲取一切，除非是在他們綁架人類的時候，否則你根本就沒機會能見到這些天外來客。」

「這怎麼可能？它們既然真的存在，那它們到底藏在哪裡？」對於雷德蒙的話，鄭海瑞似乎不是很相信。面對質疑，雷德蒙並沒表現出任何不悅，他抬起左腳輕輕跺了跺地面說道：

「它們就在我們腳下，在地下距我們五千英尺處的地方，外星人在那裡建造了一個龐大的基地，一共有十八層，最深處的地方甚至到了一萬英尺以下，它們的飛行物可以不被雷達偵測就自由進入地面。這個地方被人類稱作道西基地，美國政府對此事也有參與，在一九四七年杜魯門總統與來自拉蒂斯星系的灰人簽訂了人類與外星人互不干涉的《道西計畫》協議，允許它們自由遷移和在道西拓展基地，同時默許了外星人可以定期綁架人類的行為。作為回報，美國不光可以得到灰人饋贈的一些『先進技術』，科學家們還被允許入駐道西基地，和灰人合作一起開發基因技術，就是大家熟知的克隆。所以外星人需要大量人類做活體實驗，這僅僅是灰人和小綠人的需求，灰人我想你們已經見過了，就是綁架你女朋友最後在影片裡露臉的外星人。

我大膽的推測，你的女朋友應該已經被它們帶入了道西基地，如果是被用作研究的話，她應該被關在第七層，那裡是灰人的實驗室。還有一種外星人，它們也會劫掠人類，嚴格意義上來講它們並不能被視為人類，我寧願稱其為異型，在它們眼中我們就是食物，剛才影片裡扛走兩個女孩的怪物就是這種異形，由於對外部環境裡某些細菌過敏和不能免疫的緣故，它們外出時都會穿戴類似我們人類的防護服，事實上它們長相比你們在影片裡見到的還要恐怖，美國政府稱其為蜥蜴人，如果你們有機會親眼得見，下半輩子一定會生活在噩夢裡。這些蜥蜴人喜歡外出打獵，但它們不會向野獸那樣把人吃成骨架，它們特別中意人類的某些部位和器官，比如腎臟，這是它們首選的食物，因為人類分泌的腎上腺素對它們而言是一種可以上癮的興奮劑，就好比我們為什麼喜歡吸食古柯鹼一樣，所以落到蜥蜴人手裡的人類，根本就不會有生還的可能。」

聽完雷德蒙的長篇大論，鄭海濤心情更加沉重了，他抱著最後一絲希望小心翼翼地問道：「雷德蒙先生，你說我女朋友應該被送進了道西基地，那她還有生還的可能嗎？」

「這個真的很難說，」雷德蒙聳聳肩，「誰知道那些灰人會把她用做什麼途徑，他們喜歡提取人類基因混合外星基因，用人類母體創造各類新物種，在道西基地就連美國政府派駐的人類也無法插手它們的事務！」

雷德蒙的這番話忽然一下提醒了鄭海濤，讓他回想起了在加油站廁所裡襲擊自己的那個怪物，他忙將這段經歷講給雷德蒙聽。誰知雷德蒙對此並不驚訝，他淡淡地說：「那是開加油站老羅傑的孩子，我知道他，按照當初外星人與美國政府的協議，灰人是不能綁架當地鎮民的，因為那樣太過於明顯會讓美國政府很難做。即使這樣，很多當地人仍舊知道了我們政府與它們合作的事情。在一九七九年的道西之戰之後，這件事在當地已沒什麼秘密可言了，很多人都反對這個《道西計畫》，特別是老羅傑，他年輕的時候曾經被派駐到道西基地第一層擔任保全，他那時應該在裡面見過了一些東西，道西戰爭爆發後他逃了出來，並經常在公開場合揭露政府與外星人的陰謀。作為懲罰，三年前灰人帶走了他的兒子，那年他兒子才19歲，直到老羅傑被迫向政府屈服承諾緘口，他的兒子才被放了回來，但就如你所看到的，灰人在他體內注入了某種基因把他變成了怪物，以此警告老羅傑和其他鎮民。」

儘管雷德蒙說的事情很瘆人卻沒有嚇住鄭海濤，此時的他已經是豁出去了：「不管要去哪裡，我一定要把我女朋友找回來，就算到地獄走一圈我也在所不辭！」

聽了鄭海濤的話，雷德蒙哈哈一笑不屑地說：「孩子，相信我，道西基地可比你我認知的地獄恐怖多了，那裡不光可以讓你變瘋，還會顛覆你對以往一切的認知，當初外星人向下延伸營建了十八層，每層都有不同的用途，實際上作為曾經的合作夥伴，人類也只被允許在第一到三層活動，但79年一支人類部隊突襲了道西基地，他們下到了更深，我曾和參加那次行動的倖存者聊過，他和我說他永遠也忘不了那天在裡面所見到的一切，回來後他每晚都會做噩夢，就在我們聊完不久，他不堪天天承受這樣的折磨開槍自殺了。」

「傑夫說你能幫我們……」見和對方聊了半天都沒能聊到主題上，鄭海瑞有些忍不住搶過了話。

「事實上我無能為力，孩子。就像我之前和你們說過的，美國政府和生活在道西地下的它們是有協議的，其實最早和灰人締結合作條約的是納粹德國，希特勒的雅利安人實驗也要依靠灰人幫助，二戰後期美國說服灰人和他們合作，以比希特勒更加優惠的條件換取了盟軍在進攻納粹時灰人的中立，包括允許外星人擁有像道西基地這樣的殖民地，所以在這裡任何對道西基地的敵對行為都會先遭到來自美國政府的阻止。好了，孩子，我已和你們說的夠多了，至少現在你已經知道女朋友身在何處了，相比之下很多失蹤者的家屬一輩子都不知道自己的親人去了哪裡，那麼現在我要走了！」

說完這話，雷德蒙起身便向外走去，「雷德蒙先生……」鄭海瑞還想叫住他，卻被鄭海濤阻止住了。

「算了，就由他去吧，這個冷血老瘋子！」

「就是！瞧他那副自以為是的樣子！」鄭海瑞也緊跟著補充了一句，兄弟二人失落地走出了餐吧，卻驚訝的發現林春生已不知什麼時候坐到了鄭海濤的車裡，遠遠看去他耷拉著頭，狀態似乎不是很好，靠在座位上一動也不動。

「見鬼！春生，你是什麼時候鑽到我車裡的？」鄭海濤此刻也沒多想，掏出車鑰匙朝車子走去，突然他聽到了身後弟弟驚恐的叫聲：

「哥！快跑，是他們……」

鄭海濤回頭看去，發現鄭海瑞已被兩個身穿風衣、戴黑墨鏡的白人男子從後面勒住脖子控制了起來，其中一人掏出注射器，似乎正要給他注射藥物。

「混蛋！你們放開他！」鄭海濤用中文大吼一聲，剛要撲過去後腦杓卻重重地挨了一下子，他只覺眼前一黑，陣陣暈眩令他無法立足癱倒在地上，恍惚中鄭海濤感到自己正被人拖動的身體突然停了下來，同時耳邊隱約傳來一陣夾雜著慘叫的打鬥聲，跟著便什麼也不知道了。

等鄭海濤再次清醒過來發現他正躺在一個陌生的房間裡，四周是由木板搭建的牆，正對他的牆中間嵌著一個堆放木柴的壁爐。一隻巨型紐波利頓犬慵懶地趴在地上，伸著舌頭一臉漠然地注視著自己。這時，房間門被推開了，鄭海瑞走了進來。

「哥，你沒事吧？是雷德蒙救了我們，我們現在在他家裡，林春生也一起帶過來了，不過他被注射了鎮定劑，看上去好像比你還糟糕。」

「那些襲擊我們的是什麼人？」此刻鄭海濤雖然清醒，但腦袋仍一陣陣地發懵，他摸著腦後隱隱作疼的部位迫切地想要知道答案。

「讓我來回答他吧！看來你們的處境遠比我想像的危險。」不知什麼時候，雷德蒙也走了進來，他來到壁爐旁蹲下一邊生火一邊說：

「剛才襲擊你們的不是政府的人，剛我也以為他們是ＣＩＡ特工，後來我打昏了一個，看到他後脖子的紋身，我才知道綁架你們的是『聖喬治亞屠龍兄弟見證會』的人，這個組織是針對外星人成立，建立於卡特政府時期，它的創立者全部來自美國軍方，曾一度被劃入美國政府的特殊部門，宗旨是為了地球和平不惜一切辦法維持現在的局面，即地上的世界屬於人類，地下世界由外星人支配，不管什麼情況都不能打破這個平衡。為了這個目的，他們甚至可以去刺殺總統，後來這個組織從政府中脫離出去，那大概是79年道西之戰以後的事情，但即便現在，他們有時還會和軍方合作，我想這次他們注意上你是和打電話給我有關，我的電話常年被監聽，不過不同於ＣＩＡ特工，遇到他們你們不會有生命危險，不然你的朋友也不可能現在還坐在這裡，他們似乎是準備帶你們回去用一些特殊儀器洗掉你們的記憶，我當時也沒搞清楚，以為你們遇上的是政府的人，如果是那樣我就不應該出手，也許被洗掉這段記憶對你們還會有好處，有的時候，知道發生的事情卻又無能為力去改變，還不如一開始就不知道的好。」

「誰說我無能為力？我說過了！為了她，無論如何我都不會放棄！」

「問題關鍵就在這裡了！我想他們大概也猜到你們已經知道道西基地的事情了，因為在這些人眼中，任何一個細微的疏忽都可能會導致災難性的後果，雖然我並不認為你們有能力進入那裡，但是一旦道西基地遭到來自地面的侵入，不管是什麼行為，都會導致拉蒂斯人向地球人的全面反擊！可是現在為了那一天我們還沒做好準備，人類的科技遠遠落後於他們。」說到這兒，雷德蒙不由感嘆起來。

「既然這樣，那為什麼外星人不到地表征服我們？還有，您老是提起的道西戰爭是怎麼回事？」鄭海瑞問。

「他們不是不想，是也沒做好準備，外星人的科技雖然遠在我們之上，但置身於地球的環境它們很脆弱，它們對地球空氣裡的一些細菌，花粉或是微生物沒有免疫力。比如像灰人，如果把他們暴露在外面過不了半個小時他們就會死掉，唯一對此有些承受力的是蜥蜴人，但它們到地面上活動時也要穿防護裝備。所以他們目前只能待在地底，它們可以用飛碟攻擊我們，但卻無法長期待在我們的環境中。這也是為什麼外星人和人類之間的平衡到現在還沒有被打破的原因！至於一九七九年人類和外星人的那場戰爭，是因為當時在道西基地與外星人合作的人類工作人員那裡傳來一種說法，說灰人正在擴大人體試驗，利用人類基因圖譜去修補他們自身基因的一些缺陷，如果灰人實驗一旦成功，就意味著他們不會再懼怕地表外部那些細菌和微生物對它們造成的傷害，所以卡特政府決定先下手，派出了最精銳的幾支突擊隊在基地裡人類接應下攻了進去，整個行動圍繞的主題就是摧毀灰人實驗室，最後雖然突襲成功，但我們也付出了巨大代價，攻入基地的突擊隊幾乎全軍覆沒了，作為對此的報復，事後一種致命病毒散播到了人類當中，以此警告我們不要輕舉妄動，他們有能力消滅我們，這種病毒就是現在醫學上還對此束手無策的愛滋病毒！」

雷德蒙說著，抬手看了看表，「現在很晚了，你們留下來吃飯吧，喜歡豆子焗土豆嗎？」

可是比起雷德蒙的焗土豆，鄭海濤顯然對他本人的經歷更感興趣。

「你怎麼對外星人的事情掌握得這麼詳細，你怎麼知道道西基地的？你是誰？」

「無可奉告，你們到底喜不喜歡豆子焗土豆？」顯然，雷德蒙根本不想回答鄭海濤的問題。

鄭海濤此時滿腹心事，哪裡有心情吃飯便一口回絕了：「不用了，謝謝您的搭救和招待，我和我弟弟得走了，無論如何，我都要去道西基地把她找回來！」說完，兄弟二人便起身告辭。

雷德蒙在他們背後大聲喊道：「別做傻事！聽我的話孩子，回中國去吧，趁著現在一切還不晚，沒有人可以進入那裡！」

鄭海濤沒有理會雷德蒙，他和弟弟一前一後把昏睡地像死豬一樣的林春生放到車後座上，然後一起驅車離開了那裡。

一路上，看著正在駕駛的哥哥那副神情凝重的樣子，鄭海瑞不由越發為他擔心起來，他試探性地勸阻道：「哥，也許雷德蒙說得對，我們真的是無能為力，我們甚至都不知道道西基地在哪兒，怎麼去找？」

鄭海濤沒有吭聲，似乎是在專心開車，但在一個路口等紅綠燈的時候，他對鄭海瑞說道：「老弟，你該回學校繼續讀書了，你研究生快要考試了吧，春節的時候想辦法回國一趟替我看看媽……」

「哥！你這是幹什麼？搞得跟交代後事一樣，你不回國嗎？」

看著一臉疑惑的弟弟，鄭海濤點了點頭，「是的，我是不會放棄小潔的，你還記得雷德蒙說過的加油站那個老羅傑吧？我去找他！他年輕的時候曾在道西基地工作過，他應該知道怎麼進入道西基地！」

作為從小一起長大的親兄弟，鄭海瑞深知哥哥的脾氣再勸下去也不可能會更改決定，便捨命陪君子了：「不行！那太危險了！」他叫道，「如果你一定要去至少我必須得跟著，我還能隨時幫你。」

聽了弟弟的話，鄭海濤開口剛想說什麼，就聽後座傳來一聲尖叫：「別打我！別打我！下

回我再也不敢了。」跟著林春生像發魔障一樣「呼」地一下從後座上彈了起來，

「我發生了什麼事？我只記得他們下車後把我揍了一頓。」林春生捂著紅腫的臉問道，但是此刻卻沒有人回答他，前排的兄弟二人此時正各懷心事，彼此想著下一步打算。

目送著中國人離開後，雷德蒙的心情也久久不能平靜，特別是出門前，鄭海濤的那句「你是誰？」霎時讓雷德蒙許多刻意封存的記憶再次浮現出來。他的耳邊仿佛又回蕩起了幾十年前從道西基地裡傳來的撕心裂肺慘叫聲，雷德蒙下意識地用手捂住太陽穴，努力讓自己平靜了一會兒。他踢了一下趴在地上的狗，那只紐波利頓犬很順從地站起來夾著尾巴一溜小跑離開了房間。雷德蒙關好門，坐到床邊，思緒慢慢地將他拉回了36年前的那個晚上，在一條漆黑望不見盡頭的深長隧道裡，二十歲出頭的雷德蒙全副武裝端著衝鋒槍，跌跌撞撞地跟著一群頭戴紅色貝雷帽的大兵向前跑，地面上的積水被他們蹚的「嘩嘩」作響，除此之外，整個空曠的隧道裡只能聽見士兵們「呼哧，呼哧」粗重的喘息聲。忽然，雷德蒙腳下一滑，重重地摔倒在地上，跑在前面的兩名士兵見狀連忙折回來合力把他拉起。正在這個時候，眾人身後的隧道拐角處響起了一陣「撻撻撻」密集卻又細膩的腳步聲，聲音逐漸由遠至近向雷德蒙他們推過來。

「完了！他們追上來了，我們死定了！」在雷德蒙身邊，一個士兵絕望地大叫起來。

「住嘴！大家保持隊型，準備迎擊他們！」隊伍裡，一個肩上扛著少校軍銜的光頭中年人

挺身而出，指揮這群用十個指頭都能數得過來的年輕士兵做好迎戰準備，雷德蒙被排在右翼最後方，他看到隊伍正對的隧道拐角處的壁上慢慢印上來幾個細長的黑影，還沒看清對方的模樣，就聽「彭！」的一聲悶響，雷德蒙身邊一名持槍戒備的士兵轉眼被炸的猶如人間蒸發一般，只剩幾片破衣絮從空中飄落下來，在他剛站立的地面上，留有一灘熱氣騰騰還在冒著氣泡的肉醬，「開火！」光頭少校大聲下令，

「嗒嗒嗒……」

「嗒嗒嗒……」

一時間，此起彼伏的槍聲劃破了隧道的沉寂，幾十個灰人出現在了士兵們的視野裡。面對人類射來的槍林彈雨，它們竟毫不怯弱、擺動著纖細的身體在地面和牆壁間快速地來回跳躍，子彈竟很少打中他們，在這間隙，一道道白光也從這群飛簷走壁的灰人中彈射過來，先後有四五名士兵被這些白光擊中打成了肉醬，包括那個指揮戰鬥的光頭少校，雷德蒙他們組好的隊形就此被打散，倖存的士兵四下逃散，有些人在逃跑中還不時地回頭開兩槍，有些卻為減輕負重加快逃跑速度，連槍都不知扔到哪兒去了，倖存者們爭先恐後地向隧道入口奔去，身後灰人與他們的距離越拉越近，雷德蒙跑在最靠前的位置，當馬上就要到隧道的盡頭時，他隱約聽到身後一名同伴大聲疾呼：

「快坐升降梯上去，它們對外部環境沒有免疫，我們出去就安全了！」

話音未落，那人便緊接著發出一陣慘叫聲，雷德蒙回頭看去，對方已不知什麼時候落到了灰人手裡，幾個灰人合力拖著那士兵雙腳，將不斷掙扎尖叫的他重新拉回了黑暗之中。看到這一幕，雷德蒙不敢耽擱加快了逃跑速度，最終抵達隧道盡頭升降梯口的只有包括雷德蒙在內的三名士兵，當他們正要踏上升降梯的時候，一道白光朝雷德蒙射來，旁邊的一名同伴見狀大叫一聲「危險！」一把將他推開，自己卻被白光打的霎時被分解成了肉泥，在戰友的掩護下雷德蒙僥倖撿了一命，但左手也被那道白光擦去了兩根手指，他只覺一陣鑽心的疼，在手指斷截處升起了一縷藍色火焰，另一名同伴趕緊將雷德蒙拽上升降梯按下紅色升降按鈕，手忙腳亂地試圖幫他撲滅那團怪異的火焰。隨著一聲轟隆隆的巨響，升降梯載著僅存的兩個人緩緩地向地面升去，他們腳下，灰人低沉的咆哮聲與被俘同伴哀嚎聲交織在一起，在下方的深淵裡久久飄蕩著。

每次想到這些，雷德蒙的太陽穴都會一陣刺疼，這已成為了他心中永遠不能抹去的傷痛，「我是誰？」他喃喃地問自己，同時從夾克內兜裡掏出一張照片，上面是自己和小布希總統的握手合影照，照片的右下角，印著道西基地的英文縮寫，就在這時他的手機響了，雷德蒙按下接聽鍵，耳邊傳來一個低沉沙啞的聲音：「灰人準備撕毀協議，平衡即將被打破。」

第三章

開啟地獄之門

毀滅是一場新的重生，人類只是地球上的過客。就如同恐龍一樣，終將成為過去。

從雷德蒙那裡回來，鄭海濤一直處於恍惚之中，他從沒有試過這樣的感受，突然間被告知大量不可思議、完全超出以往認知範圍的事情，而且這些自己前所未聞的事情竟然還是真的，特別是聽到自己女朋友被綁架進外星基地的事情後，鄭海濤就一直覺得自己正在做一場還沒醒過來的夢。回到酒店，他猶豫再三還是召集所有人進他房間開會。

「現在事情已經清楚了，事情真相可能你們不會相信，就連我本人也感覺很扯，但從目前來看這都是真的，我們的親人……在安丘利塔山遭遇了飛碟，被它們帶到了外星基地，這個基地就位於道西鎮——我們的腳下。」

聽完鄭海濤公佈的消息，不知是覺得太不可思議還是不滿意這樣的答案，全場沒有人吭聲。王肅低著頭，用衣角不停擦拭手中的眼鏡；張薇一進來就有一聲沒一聲地哭，這回依舊如此；林春生雖然到場，但全部心思都放在自己那張快被打成豬頭的臉上，他不知從哪裡找到一枚削了皮的雞蛋，貼在淤腫的臉上滾來滾去。就這樣停頓了兩分鐘，鄭海瑞出來打圓場：

「是真的！今天我和哥哥去見了傑夫推薦給我們的那個人，他告訴了我們一切，和胡潔失蹤前錄製影片裡播出的內容不謀而合，現在召集大家來就是商量我們下一步的行動，我和哥哥決定去道西基地救嫂子！」

「那我也去！」王肅放下眼鏡，像是下了很大決心才說出了這話，「攝影機裡的影片我也看了，扛走珊珊的那個傢伙有一條尖細的尾巴，看著絕非人類。雖然不知進去後能不能把珊珊救回來，但我還是要去試試。」

「那好吧！今晚大家都早點休息，明天我還去找個人，可能只有他才知道進入道西基地的具體位置和進入方法，等我搞定了再通知你們！」

當晚鄭海濤又是一夜未眠，他在床上輾轉，一閉眼都是胡潔最後一刻那張因極度恐懼扭曲變形的臉。天快朦朦亮的時候鄭海濤終於睡著了，他做了一個夢，在夢中他看到一處陰冷昏暗

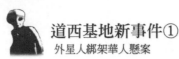

的地方立著一個錐字型的容器，裡面盛滿了綠色液體，胡潔身上連著兩根管子全身赤裸置身其中，鄭海濤還想再看得清楚點，忽然胡潔睜開了雙眼，用一雙不知為何變成綠色的眼珠死死瞪著自己。鄭海濤一急，瞬間被嚇醒從床上彈坐起來，伴隨著空蕩房子裡自己急促的喘息聲，冷汗不知何時已浸透了他的全身。

第二天清晨，鄭海濤打著哈欠到酒店樓下取車準備前往加油站，這時他的背後響起了一陣警笛聲。鄭海濤心一緊，不由地又想起了頭幾晚監視自己的警車，他回身望去卻發現從警車裡下來的是傑夫。

「Hi，dude！」傑夫以美國人特有的方式熱情地和鄭海濤打起了招呼，「最近這兩天過得怎麼樣？」

「啊……還不錯……」因為不知傑夫要和自己說什麼，鄭海濤只好和他打起了哈哈。

「呵呵，沒事兒就好，昨天晚些時候，我們接到報案說在鎮外公路上有一輛紅車把別人的車撞翻了，現在撞人的和被撞的人都不見了，你知道這事嗎？」傑夫邊說邊眯起眼睛瞪著鄭海濤，似乎要從對方的臉上尋找到他想要的答案。

「啊……我……我……」看到傑夫這般問自己，鄭海濤也感覺到傑夫似乎是知道什麼了，所以他不敢撒謊更不敢承認，不得不裝聾作啞。見鄭海濤無意和自己說什麼，傑夫也沒強求，他很快轉移了話題：

「對了，你們和我給你介紹的那個人聯繫上了嗎？」

「哦，你說的是雷德蒙先生！」鄭海濤很快就反應了過來，但他對此還有一絲不解：

「雷德蒙先生倒是和我說了一些前所未聞的事情，但如果這些都是真的，為什麼美國政府就這樣對此聽之任之？為什麼你和雷德蒙先生對此事瞭解得這麼詳細？」

傑夫苦笑一聲，他戴上墨鏡望著前方幾個正在歡快奔跑嬉鬧的小孩說道：

「政府裡的人蠢得都如同豬一般，灰人們用納米晶片，克隆技術就獲取了我們高層的信任，他們只看重眼前利益，從不為自己的後代考慮，他們為了能從拉蒂斯人那裡得到用於研製隱形戰機的金屬，不惜簽訂了允許它們拓建道西基地的協定，更不惜出賣自己的同胞，其實誰都很明白，它們和人類之間只是相互利用的關係，一旦時機成熟了，它們就會上來取代我們。我所知道的這些也是我父親告訴我的，他和雷德蒙是戰友，他們年輕的時候一起服役，還一同參加了道西之戰，那場戰爭爆發於一九七九年，與以往戰鬥不同的是這次的對手全部是外星人，而且不止一種，那次打的很血腥也很殘酷，我父親服役的那支隊伍只有他和雷德蒙生還，雷德蒙還在那場戰役裡失去了兩根手指。」

「那您父親有沒有和你提過他們是怎樣進入道西基地，或那裡有沒有其他入口的事情？」

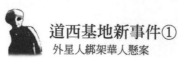

鄭海濤小心翼翼地問道。

「哈哈，別傻了，你不會真想進入道西基地尋找你的愛人吧？如果我是你就不會這樣做，當年我們的父輩他們全副武裝武器精良，卻在道西基地裡仍逃脫不了被全殲的命運，現在就憑你們幾個中國人？不要再白費時間了，況且你女友已經失蹤了這麼長時間，人類作為試驗品被送入道西基地我想沒有人能挺過兩個月！」

對於傑夫的好意相勸，鄭海濤沒有吭聲，轉身就去拉自己的車門，他準備結束這場談話了。但傑夫卻在這時叫住了他：

「你等一下，如果你真的對這方面很有興趣，我這裡有一份複印我父親當年深入道西基地後的筆記，裡面羅列了幾種主宰道西基地最常見的外星生命，路上沒事的時候你可以翻看一下。」

傑夫還真從警車裡拿出了一卷用薄薄Ａ４紙卷成的圓筒，並將它扔到了鄭海濤懷裡。

「祝你好運，去做你想做的事情吧！」說完，傑夫重新啟動警車，呼嘯著警笛一路飛馳而去。

望著遠去的警車，鄭海濤發現自己越發猜不透這個才認識沒兩天的老美員警了，他總是能在最需要幫助的時候出現，給你指引前方的路，按著他提示的線索走下去，你會發現腳下這條路最終拓展成了一片一望無際的開闊地。眼下鄭海濤就是這種感覺，在開往道西鎮郊外加油站的路上，他趁停車等紅燈的時候大略翻了一下這薄薄的一小摞A4紙，除了最後一頁外，上面記載的全是不同的外星生物，每一頁都有用碳素筆劃的素描作為配圖，最後一頁是一張人工繪製的地形圖，畫的雖粗糙但是圖上每個位置標注得都很詳細，乍一看像是某個設施單位的平面設計圖，紙張的下方用英文寫著一行小字：道西基地第七層——實驗室。

這些內容馬上就深深吸引了鄭海濤，他把車停到路邊，一頁又一頁仔細地翻閱起來，在這些筆記裡出現的大量怪異生物都是海濤從未見過的，但每個都是一筆帶過，看得他有種在閱讀《山海經》的感覺，但這其中傑夫的父親卻用長篇幅著重介紹了三種外星人：原蜥冠類蜥蜴人，貝蒂斯塔灰人和道西類人。

按照傑夫父親日記中記載，蜥蜴人半人半獸狀，直立過2米，眼珠呈紅色，且像蛇類一樣眼膜可以左右合攏，全身披有厚厚的鱗片，它們有著每隻只有三根彎指的爪形手，身後拖一條尖細的長尾，傑夫父親推測它們的祖先應該是地球上滅絕的恐龍，並且這類蜥蜴人就是由恐龍中的細爪龍（原蜥冠龍）進化而來。但在恐龍滅亡至今這六千多萬年間，他們究竟去了哪裡已成了謎團。這類蜥蜴人以肉食為主，性情狂躁好戰，把人類當做食物和獲取某些身體需求元素的來源。他們主要生活在道西基地的第五層，和灰人合作密切，一般都是以作為灰人雇傭軍的角色出現。

貝蒂斯塔灰人來自銀河系以外的貝蒂斯塔星系，這個種族沒有男女之分，他們每一個都是雌雄同體，在特定環境下性別可以來回轉換，光憑自己就可以體內受孕以此繁衍後代。它們於400年前發現地球，於20世紀頻頻在全球各國上空進行偵查，一九四七年新墨西哥州的羅斯維爾飛碟墜毀事件中發現的就是灰人屍體。它們是高智商的陰謀者，來到地球後專挑實力強大的國家，用一些先進科技作交換、引誘這些國家高層領導人成為它們的代理。在傑夫父親看來灰人是邪惡的，它們不光試圖滅亡地球人類，還奴役著道西基地中其它十餘種外星人，只是灰人因自身缺陷導致對地球外部環境還不能適應，所以它們不得不身居地下，卻在暗中以人類為實驗體從事著一個又一個殘酷的基因實驗。

至於傑夫父親筆下的類人是樣貌最接近人類的一個外星族群，但誰也不知道這個種族來自哪個星系，只好把他們稱作道西類人，他們有著人類的身軀和四肢，只是手掌腳掌都帶蹼，平日裡喜歡披著類似袈裟一樣的服飾，皮膚呈灰白色，是一類新的有色人種。他們腦門高高凸起，不論男女都沒有頭髮眉毛，全身也無毛髮，身材和蜥蜴人一樣都接近2米，據稱有在道西基地工作的人類證實他們可以講英語。

看完上述內容，鄭海濤通過胡潔的攝影機至少可以確認抓走林珊珊李燕霜的是蜥蜴人，而趙小萍胡潔則是被灰人吸進了飛船。此刻對於鄭海濤而言，最煩心的是外星人把女友綁架進基地已成為事實，但怎樣進入道西基地，鄭海濤卻一點頭緒都沒有。他也不敢確定加油站裡唯一曾在道西基地工作過的老羅傑會幫自己。帶著深深的顧慮，鄭海濤駕車再次駛入了他們來時歇腳的地方。剛進到加油站的院子，鄭海濤便感受到一種與上次截然不同的氛圍，四周沒有一個人，一切都靜悄悄地，加油站旁邊超市大門從裡面緊鎖，怎麼拉也拉不開。地面上沉積的樹葉有一尺多厚，看樣子已經很久沒人打掃了。在超市對面不遠處的樹下，不知誰用一個輪胎做成鞦韆，掛在上面顯得十分怪異。鄭海濤跳下車，在加油站小院裡來回踱了兩圈，連著喊了幾聲hello，卻仍然得不到任何回應，正當他要放棄的時候卻聽到超市裡傳來「嘩啦」一聲，像是玻璃啤酒瓶被打碎的聲音。鄭海濤急忙衝上前，一邊拍打超市大門的玻璃一邊叫道：「羅傑先生，是你嗎？我知道你在裡面。」

「天殺的！是誰？！」隔著大門從裡面傳來一個極其不友好的聲音。鄭海濤一下就認出這正是老羅傑，於是他鼓起勇氣說出了此行的目的：

「羅傑先生，我想和您談談。有人告訴我，你之前曾在外星人生活的道西基地裡當過保全，對那裡比較熟悉，所以我需要您的說明，我女朋友可能被關在那裡。」

此話一出，屋子裡馬上沉寂了下來，仿佛根本就不曾有人在裡面，但鄭海濤卻並不甘心，他就這樣站在門口不停地敲門。不知過了多久，老羅傑突然從裡面一把推開了門，好像被冒犯了一樣怒氣衝衝地朝鄭海濤咆哮道：「見鬼！你到底要幹什麼！我是在那裡待過又怎樣？沒有人可以和我再提這些事情！」

只見他衣衫不整滿嘴酒氣，一隻手還拎著半瓶啤酒。如果是平時，鄭海濤肯定會躲這樣的人遠遠地，但此刻為了女友他反而迎了上去。

「羅傑先生，請幫幫我們吧，我們的親人都在裡頭，如果你能帶我們進入道西基地，我願意付給你一些酬勞，一萬美元怎麼樣？」

見對方企圖用錢來打動自己，老羅傑並沒動心，他朝鄭海濤揮舞著拳頭咆哮道：

「對我而言，那裡就是地獄！你見過誰願意為了1萬美元再次下地獄？趕緊滾吧！」

但這時鄭海濤仍希望做最後的嘗試，他搬出了老羅傑的兒子，「羅傑先生，難道您忘了那些外星雜種是怎樣對待您的兒子了嗎？在那個基地裡，還有大量的人類即將面臨著和您兒子同樣的遭遇，或許會比他更糟，難道你就一點同情心也沒有，不願意為這些被綁架的可憐人做點什麼嗎……」

「住口！」鄭海濤的話剛說到一半，就被老羅傑粗魯地打斷了。

「你永遠也不會知道，我兒子的厄運就是因為我向外界透露了那個基地裡的一些見聞，所以他們才會用傷害我兒子的方式警告我，我為了自己的良心已經付出了沉重的代價，那就是我無辜的孩子！」

說到這兒，老羅傑忽然蹲到地上掩面痛哭起來。在這種情形下，鄭海濤把自己準備說的話全忘了，他想安慰對方兩句，卻又不知該從何說起，為了不再刺激到這位可憐的父親，他決定先離開這裡。

就在鄭海濤正往回走的時候，從超市裡傳來了老羅傑蒼老的聲音：「道西基地現在按正規途徑已經進不去了，從二〇〇五年開始，控制那裡的異形就不允許人類再以各種藉口派駐科學家或是軍方人員進入了。孩子，進屋聊吧！」

鄭海濤隨老羅傑進到超市內櫃檯後面一個小偏房裡，鄭海濤放眼望去屋內遍地啤酒瓶，看樣子在自己來之前老爺子應該沒少喝。老羅傑走在前面，用腳把擋路的酒瓶劃拉到一邊，搬把凳子讓鄭海濤坐下，便開始介紹自己了：

「我是一九七四年被上級調到道西基地的，之前我在軍隊負責監聽工作，調動的時候上級和我說是到一個試驗機構研究所，負責日常的檔案收發處理和保衛工作，並讓我簽署了一份保密協議，為期40年，如果中途洩露會遭到軍事法庭審判，最糟會被判處死刑。」

「那你簽了嗎？」鄭海濤好奇地問。

「當然簽了，那時都是年輕人，想法也簡單，畢竟那份薪水很誘人，到那裡上班的第一天我就得到了一張藍色的磁卡，可以刷開道西基地的大門自由出入。但必須說的是，道西基地的大門在一九七九年，也就是我工作五年之後，被進攻基地的人類特種部隊炸毀了，殘存的入口被永久封存，這也切斷了之後的人類與基地裡的聯繫。那場戰爭也對基地裡的外星人造成了很大打擊，1—3層的基地一度被人類攻陷，所有在這三層生活的外星人都離開了，作為對人類背信棄義的回應，聽說灰人扣押了在基地裡工作的所有人類，我也是在那個時候逃離那裡，本來灰人與美國政府的合作曾一度終止，但自從克林頓上臺後，據說又與灰人重新建立了合作關係，一些外星人開始重返曾被攻陷的道西基地第二層，也有少許人類被允許代表美國定期進入道西基地分享那裡的科技，但外星人不再把一些職位比如保全、實驗室管理員交給人類去擔任，但之後進入道西基地工作的人類都是搭乘飛碟抵達的，所以現在連軍方都不知道道西基地的入口在哪裡。」

聽到這話，鄭海濤心中一緊，不由急地叫了出來：「那豈不是再也無法進入道西基地了！」

老羅傑瞟了他一眼，慢悠悠地說：

「那也未必，道西基地第一層上面，有個天然大洞穴，它四通八達連接很多入口，但都很隱蔽，一般人無法找到。我在裡面工作期間，遇到一個會說英語的外星同事，我們關係不錯，變成了朋友，他們和我們長相十分接近，只是個頭都會比我們高一些，且身無毛髮，皮膚比我們白種人還要白，我從沒見過和我們如此像的外星人……」

「你說的那種應該是道西類人吧？」鄭海濤忍不住打斷道，經老羅傑這麼一說，他想起了傑夫父親手稿上的描述。

「這我就不知道了，他從不會向我們談起他們族群的過去和歷史，但是他告訴我，我們是朋友，他不願看到我死，鑒於人類和灰人關係開始變得緊張，他給我指出了一條從道西基地通往外部的暗道，以便在灰人抓捕基地裡人類的時候我可以逃走。」

「那你現在還記得這條暗道嗎？」

「記得，但這麼多年來我一直想把它徹底忘掉，因為這也是一條通往地獄的入口。孩子，你根本不知道我在道西基地工作這五年裡都經歷過什麼！開始的時候我目睹一批批女人孩童被運到這裡，在我們值班室不遠處，是一個大倉庫，裡面靠牆安放著很多高架籠，都是單獨隔開，就好像給流浪動物實施安樂死的動物救助站一樣，唯一不同的是在這裡籠子裡關的卻是人類，他們進來的時候都像被注入過鎮定劑不會說話、眼神呆滯，在這裡擱兩天就會被人類工作人員運走，上級和我講籠子裡關的都是一些精神失常的可憐人，送到這裡來治療精神病，直到後來我才發現，我們的政府正在配合外星人殘害自己的同胞，那個時候我目睹一切發生，卻無能為力，這些年來我一直在為此內疚，後來當我的兒子也遭遇到同樣的不幸後，我就一直在想這是不是上帝對我當初袖手旁觀的懲罰。年輕人，如果這次你真的決心進入基地去救你的親人，我會幫你，但光靠我們倆還是不行的！」

「那你的意思是？」

見老羅傑忽然轉變了態度，鄭海濤先是倍感驚喜，卻又擔心對方隨時變卦，聽到老羅傑話鋒一轉，他不由馬上緊張起來。

「離這裡2公里有一個old billy吧，它表面上雖然是以酒吧的形式存在，但實際上這裡是一個老兵協會俱樂部，裡面的會員都是退役老兵，從出擊格瑞那達，第一次海灣戰爭到索馬里行動，他們每個人都參加過戰爭，退役回來後大家沒事就會在那裡聚會喝啤酒看球賽、我們現在過去，應該可以和他們碰上面，要進入道西基地，你還需要幾個有作戰經驗的幫手，如果你有足夠的錢可以雇傭他們的話。畢竟我們即將面對的是科技武器遠在我們之上的智慧外星生物！」

聽老羅傑這樣一說，鄭海濤也覺得言之有理，正當二人準備出發之際，超市門口又傳來一陣汽車發動機的聲音，鄭海濤心底一沉，不知這回找上門的是跟蹤過自己的員警還是曾試圖綁架他們的聖喬治亞屠龍兄弟見證會。一旁的老羅傑也警覺了起來，他轉身從櫃子裡取出槍支壓低聲音問鄭海濤：「你到這裡的這幾天有沒有惹上什麼人？」

「有，自從我接觸到道西基地這個話題後，員警和教派都找上門了。」

「愚蠢的孩子！看來你真是麻煩製造者！」老羅傑邊抱怨邊將一把來福槍傳到鄭海濤手中。

「我不會開槍！在中國是禁槍的！」面對老羅傑遞來的東西，鄭海濤連連擺手，老羅傑則用詫異的目光看著他，那眼神分明是在說：「你連槍都不會開還想進道西基地？」

就在二人僵持的時候，門口響起了鄭海瑞的聲音：「哥，是我，你怎麼不等我一人就過來了？不是說好一起去的嗎？」，聽到這熟悉的聲音，鄭海濤才鬆了一口氣。

「沒事兒，是自己人！我弟弟。」鄭海濤向羅傑打了聲招呼，拉開門走了出去。

半個小時後，老羅傑駕駛著貨車，載著鄭氏兄弟開到了 old billy 酒吧門口。

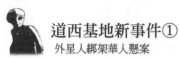

「哥，真的要相信他嗎？我們真的要去雇那些人嗎？」望著眼前那座酒吧，坐在後面的鄭海瑞湊上來用中文壓低聲音在鄭海濤耳邊問道。鄭海濤也有些不安，他沒有想到事情會鬧到這麼大，但都走到這一步了，自己答應了老羅傑再反悔就不好了，所以他只得硬著頭皮一步步往下走。老羅傑似乎沒有興趣去探聽鄭氏兄弟用中國話在私語什麼，他停好車，拉開車門跳下去對鄭海濤說：

「我先進去了，你們跟進來就好，到了裡面一切由我來說，你只要說出你願意雇傭這些人的理想價位就好了。」

說著老羅傑踉蹌著步伐向酒吧走去，望著他跌跌撞撞的背影，鄭海濤感覺此人酒應該還沒醒。他開始暗自佩服自己是如何有膽坐在一個酒鬼司機身邊，還陪著他一路開了半個小時的車。見老羅傑已進入酒吧，鄭海濤攥了攥褲兜裡的 visa 卡，一咬牙帶著鄭海瑞也跟了進去。

這是一家典型的鄉村酒吧，沒有過多的裝潢，室內空間很大，橫七豎八地放置著三張撞球桌，一些人正在那裡打撞球。正對門口的角落建起一排高腳長桌，裡面牆上嵌著一條長木板，上面擺滿了各式酒瓶就算是吧台。這會兒四五個中年白人正並排坐在吧桌旁，一人握著一瓶啤酒與高采烈地大聲不知在聊什麼。鄭海濤用餘光掃視了一下他們，他發現在場的有一個算一個，無論是著裝還是儀表，都沒有什麼詞比「邋遢」二字更能貼切地形容這些人，鄭海瑞也是怎麼也無法把眼前這些樣貌猥瑣的中年大叔與雇傭兵三個字聯繫在一起。

與此同時，自鄭海濤一行邁進酒吧的那一刻，屋子裡的人也注意到了他們。這些酒吧的常客停止了手裡的事，全部目光都集中在剛闖入的不速之客身上，好像這兩個中國人走錯了地方。屋裡空氣靜的出奇，鄭海濤甚至能聽到自己的呼吸聲。老羅傑輕輕咳嗽了一下，主動打破了這種尷尬：

「人渣們！現在這裡有一個能賺錢的差事你們誰願意做？」

話音未落，人群哄地一聲爆笑起來，這突然炸開的狂笑聲劃破了室內的沉寂，也嚇了鄭海濤一跳，他很是納悶，這些人的笑點為何如此之低，但很快他就知道了答案。

「嗨！羅傑，你帶著兩隻日本猴子進來要和我們談什麼生意？」撞球桌旁，一個胳膊上刺滿紋身、剃著鸚鵡冠髮型、滿臉絡腮鬍的胖子笑得最為倡狂，以至於笑到岔氣的他不得不一手扶著撞球桌、手攥成拳，笑一聲就往桌子上砸一下。鄭海濤有些憤怒了，他感受到了前所未有的羞辱，他強忍住內心的憤怒上前一步說道：

「先生們，第一，我們不是日本猴子，我們是中國人！第二，我們是來這裡尋找幫手的，但我目前只見到一群無聊的人！」鄭海濤說完，所有人都止住了笑，屋內再次安靜下來。

老羅傑回頭狠狠瞪了鄭海濤一眼，像是在叫他閉嘴。接著他來到吧台聚集的人群前，回身一指鄭海濤就勢展開了話題：

「大家都知道道西基地吧？幾年前裡面那些狗娘養的綁架了我的兒子，把他變成了一個怪物，這個仇我一直想報，現在這些異型又把這兩個中國人的親人綁進了道西基地，我和他們說你們都是上過戰場，身經百戰的好手，所以我身後的中國人想花錢雇傭你們中的一些人跟著我們一起去道西基地走一趟，你們誰願意賺這個錢？」說著老羅傑給鄭海濤使個眼色，鄭海濤忙不迭補充道：

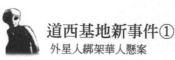

「如果有人願意一同前往，一個人我們出五千美元！」但是這個價碼卻並未引來附和聲，人們面面相覷，就是不表態。半晌其中才一個人才小聲嘟囔了一句：

「天呀，那可是道西基地呀！據說裡面還有吃人的怪物。」

鄭海濤見沒人響應，知道是嫌錢給少了，於是又大聲公佈：

「去一個人給七千美元！」

還是沒人回應，但人群中已經有人開始交頭接耳地不知在議論什麼了。

「八千！有沒有人願意跟我們走！」此刻鄭海瑞也參與了進來，但他剛喊完屁股上就挨了哥哥一腳，「臭小子！你可真大方，你給呀？」鄭海濤壓低聲音不滿地責備弟弟。

這時人群中一個粗獷的聲音接過了話：「如果給1萬美元我就去！」跟著一個身材魁梧、腦後紮著小辮、左臉頰上有一道傷疤，看起來像葡萄牙後裔的中年人撥開人群走了出來，老羅傑趁機湊到鄭海濤耳邊向他介紹：

「他是卡洛斯，參加過兩次海灣戰爭，是優秀的狙擊手，第二次海灣戰爭費盧傑巷戰時他一人射殺了46名敵人，他要價雖高但絕對是物有所值。」

「好吧！那就要他了！」鄭海濤咬咬牙把心一橫說，跟著仿佛是受到了鼓舞，人群裡又有人毛遂自薦了。

「你們絕對需要我，那個基地裡有一種蜥蜴怪物，身高2米多，喜歡吃人，所以你們需要一個身強力壯的人保護你們！無論貼身戰還是遠端狙擊我都擅長！我不會讓你們為付我1萬美元感到後悔的！」鄭海濤順著聲音望過去，發現說話的正是剛才那個笑聲最為倡狂，留著鸚鵡冠髮型的胖子。

「這是尼古拉斯，45歲，俄國人後裔，綽號北極熊，一九九三年參加過索馬里巷戰，他一個人可以掀翻一輛汽車。」

因為之前的事，鄭海濤本來對這傢伙並無好感，但聽完老羅傑的介紹他又有些動心了，「好吧！」他說道：「他們倆我都要了！」說話的時候鄭海濤又下意識地摸了摸兜裡的卡，他感到自己真的是花錢如流水。

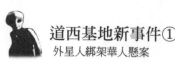

「ok！祝我們合作愉快，這次進去把它們打個屁滾尿流！」

得知自己被雇傭，尼古拉斯十分高興，他高舉手裡的啤酒瓶，肆無忌憚地大叫起來，現場的氣氛一下被活躍了，白人們把鄭氏兄弟拉到他們中間，仿佛是在歡迎十幾年沒見的兄弟，一打打的啤酒被搬到桌面上。望著很快就融入氛圍和洋鬼子們勾肩搭背的弟弟，鄭海濤卻無心享受這狂歡的盛宴，他怎麼也高興不起來，花了兩萬美元將近十幾萬人民幣，就為雇這兩個自稱從美國軍隊裡退役出來的大叔，這單買賣到底值不值，他開始有些糾結了。但是現在箭在弦上，按中國古話說是不得不發，同時他隱約感覺到，一場大戲似乎馬上就要開演了。

正當鄭海濤用酒吧的 pos 機給雇傭兵付款的時候，窗外響起了一陣從高音喇叭裡傳出的喊話聲：

「現在是員警執法，請屋裡的人立刻停止一切活動，我們懷疑這家酒吧藏有大量沒有註冊的非法槍支，請你們高舉雙手排好隊一個個的走出來，以免造成不必要的傷亡！」

這時的 old billy 吧門口已被三兩警車團團圍住，道西鎮警察局長威爾遜拎著高音喇叭親自坐鎮。在他身邊，六七名頭戴寬沿牛仔帽的員警以警車為掩護呈射擊姿勢，端著槍透過酒吧窗戶瞄準著屋裡的每一個人。

這是鄭海濤第一次如此真實地感受美國員警執法，以往這樣的橋段只有在好萊塢電影裡才會出現。此時他異常地緊張，相比之下周圍的當地人似乎並沒受到什麼影響，他們還就外頭員警的喊話內容三三兩兩地私語起來，酒吧的主人甚至湊到推開的窗戶前，朝外面高聲抗議道：

「得了吧！威爾遜，你知道這裡沒有你所說的那些東西，我們只是在慶祝。」

但是威爾遜卻沒有為之所動，他又下了最後通牒：「Party 結束了！先生們，如果你們不走出來，所有的人都將會被逮捕！」

話說到這個份上，大家也知道員警這回是來真的了，於是他們極不情願地蠕動起來，按威爾遜的要求高舉雙手，一個跟著一個向外走去。望著窗外嚴陣以待的員警，老羅傑不禁嘟囔起來：

「這回連局長本人都親自出馬了，看來他們絕不是奔著搜槍來的。」

說著，他也加入到向外蠕動的隊伍裡，並朝鄭海濤兄弟使了個眼色，示意跟在他後面。鄭海濤兄弟是最後走出來的，隨後三名員警一擁而上，衝進酒吧去搜尋他們想要找到的東西。出去後鄭海濤和弟弟並沒像其他人那樣被員警要求高舉雙手趴在牆上，而是被帶到了威爾遜面前。威爾遜靠在警車上，眯著眼睛掃視了一番鄭海濤，冷笑著說道：

「中國人，記不記得幾天前在警察局我和你說過的話？你們要是在我的地盤搞事，我會讓你們吃不完兜著走，我現在懷疑你們涉嫌非法槍支交易，等一會兒搜到武器，我至少可以先扣留你們倆24小時！」

此刻面對咄咄逼人的威爾遜，鄭海濤乾脆保持沉默，直到看到三個員警又空著手從屋裡跑出來，鄭海濤才徹底鬆了一口氣。威爾遜雖然並不甘心，可也拿眼前這兩個中國人一點辦法也沒有，只得臨走時再次對鄭海濤一番威脅。

「中國人！別以為你們出現在這個地方我就不知道你們想幹什麼，你們最好老實一點馬上滾回你們的國家去，我會一直注意你們，直到把你們扔進監獄為止。」

目送一行警車離去的背影，鄭海濤的心情又沉重了。到目前為止，他們已遭到了至少兩撥人的干涉，除了以威爾遜為主導的員警，還有那夥自稱聖喬治亞屠龍兄弟見證會的神秘組織。一旁的老羅傑似乎也能洞察到鄭海濤的情緒，他把手搭在鄭海濤肩上拍了拍說道：「別多想了，我們還有很多事情要準備，後兩天我們開始進入基地前的訓練，要進入道西基地不會玩槍可不行！」接下來的兩天時間，正如老羅傑所說，是進入地獄之前的魔鬼特訓，鄭海濤兄弟、王肅、林春生被帶到海邊，在那裡卡洛斯和尼古拉斯像變魔術似地在沙灘上展開了一排長長短短的槍械，M—16、M4A1、M4卡賓，還有一些鄭海濤叫不出來的名字，訓練開始前卡洛斯神情嚴峻地向鄭海濤一行人訓話：

「既然你們雇傭了我們，我們就有義務不光要帶你們進去，還要把你們都平安帶出來。我們要去的那個地方潛伏著嗜血的蜥蜴人、擁有比我們武器更加先進的灰人、還有那些我們未知的恐怖生物，所以在我們保護你們的同時，你們自己也要學會對自己負責，在那樣的環境下選對一把好槍就是交到一個最可靠的朋友！因為它可以救你們的命！我建議你們可以嘗試一下M—16，它的殺傷力很大，同時也要注意它的後座力。我會教你們如何使用它。」說著卡洛斯彎腰從地上抄起一把帶瞄準鏡的歪把長槍、拋給了鄭海瑞。鄭海瑞很是興奮，把槍捧在懷裡來回把弄著，這是他第一次學開槍，而且還要在最短的時間內學會。

在卡洛斯和尼古拉斯的精心幫助教導下，鄭海濤他們很快就學會了擺弄各種槍械，特別是弟弟，鄭海濤發現在瞄準射擊方面他要比自己有天賦。在鄭海濤他們接受特訓的這兩天時間裡，老羅傑也沒閒著，他不知從哪運來了一套簡易通訊聯絡設備，還有一批潛水服氧氣罐，看到這些東西鄭海瑞有些不解，老羅傑似乎知道這些中國人要問什麼，他解釋道：

「那個通往道西基地的暗道在安丘利塔山北部的一處湖泊下面，那裡有很多天然洞穴，真正的入口已被我標記過了，到時候你們跟著我就行，進去後還不能馬上到達道西基地，我們要通過一段很長的隧道，如果我的預計沒錯，完成這段路後我們應該首先進入飛碟停泊區域，到了那兒我們再想辦法殺進去。」

鄭海濤點點頭，但在對老羅傑的計畫表示贊同之餘他還有些擔憂，他拿出傑夫送的那張道西基地第七層實驗室地形圖問老羅傑，「進去後我們怎麼樣才能到達這個基地的第七層？」

「沒有別的辦法，只有一層一層地通過，不過那裡有外星人建的升降梯，就好像我們的電梯，我年輕的時候曾經坐過那玩意兒，但它們設置過了，人類搭乘的升降梯好像過不了第三層，不過凡事都是有辦法的，等我們到了那裡再說吧！」

見老羅傑如此豁達樂觀，鄭海濤苦笑一聲，但他也沒有更好的辦法，只好像老羅傑說的那樣走一步看一步了，不過他知道，現在離自己可以救回心愛的人又近了一步。但他不知道的是，自己在衝動之下做出的這番舉動已經把外部和地下兩個世界再次連接到了一起……

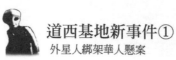

第四章

另一個世界

一棵樹要接受更多的光明，它的根就必須更深入黑暗。（尼采）

到了約定出發的那天，鄭海濤兄弟一行五人一早就抵達了安丘利塔山腳下約定的湖泊處。在那裡，老羅傑、尼古拉斯、卡洛斯早已等候在此，他們還攜帶了大量的設備。

清晨的寧靜讓周邊一切景物似乎都在沉睡，偶爾一兩聲鳥類清脆的啼叫似乎是在沉寂中宣示：我還活著。

鄭海濤走向卡洛斯，兩人禮節性地互對一下拳頭。

「你們準備好了嗎？」卡洛斯問。

「沒有比這更好的了！我們出發吧。」

趁眾人開始更換潛水服的這個空檔，老羅傑將一個塞地滿滿的、類似高爾夫球袋似的包裹丟進了湖裡，「那是什麼？」鄭海瑞問。

「我們的武器，都經過防水處理了，我們在道西基地能否活下來就指望它們了。」老羅傑說完迅速地套好潛水服，又一指放在地上的通訊電臺道，「我們進去後不能與外界失去聯繫，需要有人守在這裡，以便在進入道西基地後可以聯繫上地面。」

林春生見狀馬上跳到老羅傑面前，用磕磕巴巴的英語連比帶劃地自薦起來：「Me，I can stay！」

「好吧。」老羅傑聳了聳肩，開始教林春生如何擺弄通訊電臺。在另一邊，張薇找到鄭海濤小心翼翼地說道：「那個，你們可不可以也帶上我？我弟弟可能也在裡面，我要去找他。」聽了張薇的請求，鄭海濤和弟弟面面相覷，不知如何是好，最後還是王肅出來打了個圓場：「要不就帶上她吧，我們這麼多男的呢，也不需要她幹什麼，跟著我們別走丟就可以了。」

「好吧，那你可要跟緊我們。」鄭海濤無奈地同意了。正在這個時候他的手機響了，周圍的人都停止了手中的事，目光全部集中到了鄭海濤的身上。眼下正是關鍵時刻，弄得鄭海濤也極為敏感，手機的每一遍響鈴都扯著他心臟劇烈跳動，他伸手想要關掉手機，但一旁的弟弟給他使了個眼神示意還是先接了再說，電話接通的那一刻，話筒那端傳來了一個熟悉的聲音：

「你們是不是在安丘利塔山那裡，都有誰和你們在一起？」

「是雷德蒙！」鄭海濤把手機從耳邊挪開，壓低聲音對鄭海瑞他們說，此時電話那頭的喬治．雷德蒙仍在說話：

「你們先不要擅自闖入那裡，等著我過來！在我來之前絕對不要輕舉妄動，我不會害你們的！」

聽了雷德蒙的話鄭海濤有些不知所措了，他乾脆打開免提讓所有人都能聽到，「怎麼辦？」鄭海濤舉著手機望向老羅傑。

「不要再糾結了，現在走到這一步後悔已沒有意義了！」老羅傑冷冷地說。

「也好！」鄭海濤一咬牙關掉了手機，「我們出發吧！」他叫道，「小潔，我們來了！」

撲通，撲通，撲通，背著氧氣罐的蛙人們先後跳入湖中，在湖面上留下一個又一個漣漪，很快就消失地不見了蹤影，岸上只留下林春生一人，他似乎很滿意目前的現狀，哼著小曲先給自己開了一罐可樂，在沙灘上撐起遮陽傘，又在底下鋪開一張床單。正當他好不容易才打理好一切，準備躺下享受的時候，遠處的山道上塵土飛揚，有什麼東西正在快速移動，「What the fuck！」林春生嘟囔著站起身來，一隻手擋在眉毛上向遠處眺望，過了許久他才看清楚，好幾輛黑色汽車排成一條長龍，飛卷著漫天塵土向這邊飛馳而來。

而此刻鄭海濤等人卻不知曉外界發生的變故，他們仍舊在繼續下潛。在老羅傑的帶領下，100米，150米……眾人已越來越接近目標了，鄭海濤甚至隱隱可以看到四處沉澱在湖底的垃圾。在他們正前方，延伸在湖底的峭壁上羅列著一個個大小不一的黑洞，老羅傑回過頭，朝大家做了個手勢示意跟緊。鄭海濤這會兒不由地有些擔心，這麼多的洞穴，從外部看都大同小異，在氧氣消耗完之前如果還不能辨認出進入基地暗道入口的話，這一趟又要無功而返了。

就在鄭海濤胡思亂想的時候，張薇忽然遊過來一把拽住他的胳膊，從用勁的力度可以感到她有些緊張，同時用手指著右側讓他看。順著張薇指向的方位望去，鄭海濤也倒吸了一口冷氣，只見一個呈銀白色的巨大三角形狀飛行器正貼在湖底緩緩匍匐向前行駛，和鄭海濤先前在攝影機裡見到吸走女友的那個UFO一模一樣，在它行進的過程中不斷地擴散出一陣陣聲波，刺激得幾百米距離之外的鄭海濤等人頭暈噁心。好在湖底這架UFO並不是朝著這個方向開來，這便為眾人贏得了時間。在老羅傑的帶領下，大夥紛紛遊進洞穴躲避，這架正在湖底前行的外星飛碟並沒發現他們，它最終在眾人的目送下，緩緩地駛出了視線。

確認飛碟離去後，老羅傑從洞裡鑽出，一個用力直接紮向湖底，抵達後扶住峭壁勉強站好，雙手在凹凸不平的岩面上來回摩挲著。眾人懸在半空中看著他這樣一直持續了幾分鐘。終於，老羅傑的手在一處閃爍著綠色磷光的岩面上停住了，他開始輕輕地敲擊那塊地方，聽到迴響後他朝大家點了點頭，伸手指了指上方的一處洞穴，示意眾人從這裡進入。

游進洞穴後鄭海濤才發現裡面並不是像他想的那樣，這是一條呈65度斜坡狀崎嶇隧道，越往上游水就越清澈，慢慢地他都可以看到頭頂上方的水面了。這時他身附的氧氣罐發出了氧氣即將耗盡的訊號，鄭海濤急忙加快上升速度，幾秒鐘後他一頭紮出了水面，在貪婪地吞噬了一大口新鮮空氣後，鄭海濤環顧四周，發現自己正置身在一個寬闊天然大洞穴之內，頭頂上的穹廬壁上佈滿了藍綠混合的光蘚，偶爾一兩隻類似蝙蝠類生物撲楞著翅膀從上空飛過，洞穴內彌漫著潮濕的空氣，夾雜散發出一股鹹腥味。這時眾人也先後浮了上來，看到眼前的場景除了老羅傑之外大家都驚呆了，鄭海瑞忍不住感嘆道：

「天吶，這裡是什麼地方？感覺像是另一個世界！」

老羅傑淡淡一笑：「這裡只是另一個世界的入口，我們要走的路還很長呢。」

大家從水裡爬上岸，老羅傑將一路拖來的防水包裹打開，和尼古拉斯、卡洛斯圍在一起開始組裝槍械。趁這空檔，鄭海瑞在好奇心的驅使下一面仰頭環視頭頂上的穹廬，一面向前方走去。此刻鄭海濤他們都圍在老羅傑身旁幫著檢查設備，竟誰也沒留意到獨自遠去的鄭海瑞。鄭海瑞就這樣一路被周邊景物吸引前行，等他回過神來的時候才發現同伴們已不知被自己甩在哪裡了。周圍的光線開始變暗，鄭海瑞有些心慌了，他轉身正要返回，腳下卻忽然像是踢到了什麼東西。低頭看去，竟是一枚長著尖銳腦殼的生物頭骨，它兩排利齒向外齜出，一雙黑漆漆的眼洞凝望著鄭海瑞，似乎在訴說著自己的故事，「媽呀！」鄭海瑞大叫一聲，一腳將這怪異的頭骨踢開，邁開腿沒跑兩步就被絆倒了。趴在地上，鄭海瑞才真正看清地面上竟到處散落著各種未知生物的頭顱和骨架，而絆倒自己的卻是一根三尺長的巨大肋條骨。

一時間，恐懼徹底征服了鄭海瑞的理智，他爬起來想要趕緊離開這裡，卻發現剛才那一跤把眼鏡不知摔到哪裡去了。

「哥！哥……你們在哪兒？」鄭海瑞拖著哭腔跪在地上，邊喊邊四下摸索著。這時，他身邊忽然想起了一陣「噗嚕噗嚕……」的怪異叫聲，嚇得他馬上屏住了呼吸，好在這時他摸到了眼鏡，鄭海濤小心翼翼地把眼鏡戴上定睛一看，只見在他正前方立著一個一尺長的生物，這個生物駝背，全身呈棗紅色，四方形的小腦袋上有一對類似金魚的大眼泡長在頭頂兩側，挺著一個大肚腩與上面的小腦袋極不相配。纖細的四肢每個都只有三個指頭，指頭間隙都連著蹼。

鄭海瑞徹底被眼前這個怪異生物的長相驚呆了，那小怪物也在注視著他，嘴中持續發出「噗嚕噗嚕」的怪聲，伴隨著這個節奏，又有兩個長相一模一樣的小怪物從黑暗中走了出來，其中一個雙手拖著一根削尖的骨頭，它們組成半圓把鄭海瑞圍在當中，一起發出「噗嚕噗嚕」

的怪聲。隨著這瘮人的聲音，越來越多這樣的怪物從四面八方鑽了出來，將鄭海瑞一直逼到岩壁角落裡。

就在這個時候，只聽「呯」的一聲槍響，怪物們立刻四下逃散，鄭海濤端著槍帶著老羅傑、卡洛斯趕了過來。但很快這些叫不上名的怪異生物們又重新聚到了一起，鄭海濤準備再次端起槍卻被老羅傑一把按了下去。

「你這個笨蛋！」他罵道：「這裡不知是不是拉蒂斯人的監控範圍，你弄出這麼大動靜會讓我們暴露的！」說著老羅傑從卡洛斯手裡拿過一個人工火把往岩壁上一蹭，火焰呼得一聲竄起，包住了整個火把。老羅傑高舉著火把走在最前面，一路將火把掄向腳下那些試圖阻擋他去路的小怪物。雖然這些生活在陰冷洞穴裡的生物從不曾見識過羅傑手裡的東西，但火焰的炙熱高溫還是迫使它們退避三舍。很快老羅傑就來到鄭海瑞面前，拉著他慢慢退回到大家身邊，而這些一尺來高的小怪物仗著「人」多勢眾，似乎並不想放棄眼前的目標，它們也隨著老羅傑緩緩移動。終於，一個塊頭大一些的怪物似乎等得有些不耐煩了，它怪叫一聲，騰空躍起撲向老羅傑。老羅傑早有防備，掄起火把迎面把它打在地上，同時一股火焰躥到它身上燃燒起來，那怪物被高溫炙烤得發出一陣淒厲啼叫聲，掙扎著又向前跑了兩步才一頭紮倒在地上，隨後整個身體都被火焰吞噬了。它的同伴們見狀立刻一哄而散，鑽進黑暗中消失得無影無蹤。

「天吶，這是什麼玩意！也是某種外星人嗎？」鄭海瑞擦著腦門上的汗，心有餘悸地問道。

對於剛才的一幕老羅傑卻沒像其他人那樣表現出一副不可思議的樣子。他上前踹了一腳焦黑的小怪物屍體、淡淡地說：「它們不能算外星人，因為沒有智慧。這些傢伙是隨飛碟偷渡過來的外星球某種劣等生物，但看樣子它們很適應在這樣的環境裡生活，我在道西基地上班的時候見過這種生物標本，灰人會刻意在屍體處理場放一些這玩意。它們成群行動，喜歡吃腐肉和骨頭，能在很短的時間內把一具屍體吃光，所以基地裡的人都叫它們『道西清道夫』。不過你們不必太擔心，只要你還沒喪失抵抗力，它們是不敢輕舉妄動的，我們還是繼續走吧！」

有了剛才的經歷，雖然有驚無險，但還是讓每個人都越發地小心，老羅傑一手高舉火把，一手拎著手槍走在最前面，鄭海瑞扶著張薇緊隨其後，剩下的鄭海濤四人端著槍在隊伍後壓陣。一路上大夥誰也不說話，周圍靜得出奇，空曠的洞穴內只能聽到各自的腳步聲。就這樣前行了一段距離，鄭海濤有點忍不住了，他幾步湊到老羅傑跟前與他並肩前進，趁機問道：「依你看這是一個什麼地方？我們還要這樣走多久？」

老羅傑並沒直接回答他，他踢了踢腳下隨處可見的殘缺骨頭說：

「當初那個指給我這條暗道的外星朋友也沒告我這是個什麼地方，不過看你的腳下，你不覺得這裡更像是一個亂葬崗嗎？」

「不會吧……您可別嚇我。」鄭海瑞這時也加入了進來。

「我的判斷不會有錯的！」老羅傑斬釘截鐵地說：「當初灰人建造道西基地時，二層是給蜥蜴人居住的，它們對肉類有著極大需求，包括人肉，所以它們總是源源不斷地帶進大批捕獲的活物或者屍體，但蜥蜴人只吃新鮮的屍體，有些屍體一旦腐爛或是覺得不新鮮就會被蜥蜴人遺棄，為了不讓屍體腐爛後傳播疾病，我聽說灰人專門給他們建造了很多有逆向傳輸裝置的通道口，可以借助傳輸帶把腐爛的屍體直接輸送到基地上方某個天然洞穴內，剛才你們也看到的那些道西清道夫，就可能更加驗證了我的判斷。」

「你是說我們現在是在外星人的屍體處理廠？」鄭海濤不由地倒吸了一口冷氣。就在這個時候，他腰間別著的通訊聯絡器響了，接通後那頭響起了林春生磕磕巴巴的聲音，奇怪的是沒有語言天賦的他這回說的英語竟不再有語法錯誤了，儘管說地依舊結巴，但卻完全像是出自另一人之口。

「Please ...give me your ...guys position ...are you arriving ？」（請告訴我你們的位置，你們到達了嗎？）

「媽的，這小子又在放洋屁，不知他在搞什麼鬼！」鄭海瑞不屑地說。打從第一次見面他對林春生就一直沒有好感，因此也不放過任何一個可以挖苦他的機會。鄭海濤對此也有些奇怪，他轉而問弟弟：

「春生英語從小就不好，就算說英語也是一半英語加一半中國話，這回他竟能用英語把一段話順下來你不覺得奇怪嗎？」

「對呀！」鄭海瑞摸摸後腦勺，也是一副很不解地樣子，「他……他不會出事兒了吧？」一旁的王肅湊過來問道。

鄭海濤想了想，神情凝重地用英語對在場的每一個人說道：「總之我們現在在湖底洞穴裡，和外界只靠一部通訊器聯繫，外界現在真實情況是什麼樣子我們也不清楚，所以在這之前我們還是不要暴露位置的好。」

這時，聯絡器裡再次響起了林春生那極不自然的聲音，這回又變成了中英混雜：「Your guys must……咦？老大，這單詞是啥意思？」剛說到這兒那頭的通話就被人為掐斷了。

「我就說這小子有毛病！他是不是在耍我們呀。」被林春生無厘頭地這樣一搞，鄭海瑞氣地大罵起來。老羅傑聞訊也走了過來，他直接關掉了鄭海濤手中的聯絡器說道：「我們可能已經暴露了，關掉這玩意兒，就算在外部的對方想要找到我們一時半會兒他們也沒辦法。」

而此刻在湖邊沙灘上，四五個帶墨鏡的黑衣人正圍著林春生拳打腳踢，林春生捂著頭蜷縮成一團，不停地發出殺豬似的叫聲。不遠處，一個紮著馬尾辮，一身全套緊身黑夾克黑皮褲的妙齡金髮美女正注視著這一切。此女自始至終給人一種冷若冰霜的感覺，但一雙深邃的媚眼卻又讓多少與之對視過的男人深陷其中無法自拔，在這群黑衣人面前，她又儼然像是一個高高在上的領導者，直到她認為差不多的時候才一擺手叫道：「Stop！」那幾個圍毆的人馬上住了手，跟著一個戴著黑墨鏡，五大三粗的大光頭走過去一把將林春生從地上拽起，大罵道：「你這個混蛋！藉口說英語不好，我們給你詞讓你照著念，你還竟敢用中文通風報信！」說著揮拳又要打，嚇得林春生閉著眼睛「Wait... Wait...」的一陣亂叫，那金髮美女馬上制止了大光頭的行為，「把他拉過來！」她吩咐道：「這個人也許有什麼重要的事情要和我說呢。」但當鼻青臉腫的林春生被帶到她面前時，張口的第一句話卻是「You are beautifully」。氣的那美女一個耳光扇在他臉上再次吩咐道：「給我繼續打！直到他供出同夥的位置為止！」在林春生鬼哭狼嚎地被拖走後，大光頭湊過來甚是擔憂地對金髮美女說：「尤娜，這次我們可能完不成組織交待的任務了，我們到的太晚了，如果在下水前截獲他們就好了！」

「不行！一定要找到他們！此事事關人類共同的命運，如果這些人一旦通過暗道進入道西基地，根據協定人類就是違約在先，到那時與拉蒂斯人的戰爭就會全面爆發！」此時的尤娜已經有些失去了理智，她望著被太陽照射成五彩斑斕的湖面，咬牙切齒地又下達了一道命令：「準備潛水服，一旦追蹤到這些人的訊號馬上下水，找到他們格殺勿論！無論如何也不許這些人溜進道西基地。」

「是！」手下人齊聲附和，馬上開始行動了起來，沙灘上每輛黑車的後備箱都打開，一批潛水服被取出來分發到每個人手裡，不遠處一台湖底雷達探測搜索器支了起來，技術人員帶著耳機坐到機器面前開始搜尋。尤娜依舊很焦慮，她俯身把臉湊到雷達搜索器螢幕前，緊盯著上面一圈圈擴散著光暈的座標，似乎想要從中探究出什麼，這時大光頭拿著一個手機走過來輕聲提醒道：「Boss 要和你說話。」

尤娜極不情願地接過手機，手機那端一個低沉沙啞的聲音響了起來：「他們一共八個人，活要見人死要見屍，記住一定要在他們進入道西基地前擺平他們，一旦進了基地你們就沒有機會了，那個基地裡……現在已沒有人類工作人員了！」

「可是……一定要這樣嗎？就像您說的，人類已經對那個地方失去控制了，我們也不知道灰人們現在已把那裡變成了什麼樣子，我們為什麼不跟著殺進去打它們一個措手不及，畢竟它們和人類簽署的那個協議灰人也沒好好遵守呀！」

「住口！」聽了尤娜的建議手機那頭咆哮了起來，「聖喬治亞屠龍兄弟見證會永遠也輪不到你做主，你想要違背長老們的意思嗎？給你佈置的任務你就去做，如果這次失手，就回來接受處罰吧！」說完手機就被掛斷了。

尤娜扔掉手機，深深地吸了一口氣，環視了一番所有人厲聲命令道：「不等了！全體立即換裝下水，一個洞口一個洞口的給我搜，直到把他們找出來為止！」

話音未落，只聽湖面忽然響起一陣嘩啦啦的巨響，一股股水柱從湖面沖天而起，湖水急劇地向後退，湖中心慢慢地形成了一個越來越大的旋渦，在沙灘上眾人驚恐的驚呼聲中，一架三角形狀的 UFO 從旋渦中鑽了出來。

「糟糕！快走！」大光頭大叫一聲，拽起已經看愣神的尤娜向岸上的公路跑去，那架 UFO 離開水面懸浮在距岸上人不遠的半空中，發出一陣陣低音貝的轟鳴聲。伴隨著躁響，它銀白色的外殼慢慢地裂開了一道道透著藍色螢光的裂縫。岸上的人仰著脖子都看呆了，他們一方面知道面對這架 UFO 自己手中的武器毫無勝算，一方面又不知空中這異物是敵是友，只得抱著僥倖心理和它僵持著。而在那架飛碟在周身佈滿了透著藍光的裂痕之後，無數道藍色鐳射突然從那些裂縫中飛馳射出，岸上的黑衣人一個接一個被擊中，頃刻間化為肉泥血水。僅僅用了不到十秒鐘，沙灘上集聚的那些聖喬治亞屠龍兄弟見證會的成員就全數被消滅了。

眼前的這一切讓已經逃上公路的尤娜和大光頭看地瞠目結舌，二人趴在車下大氣也不敢喘，生怕被湖面上的飛碟發現。旁邊一輛車的後面同樣躲著屠龍兄弟見證會的三個成員和被控制的林春生。那架 UFO 消滅了沙灘上所有人之後並沒在原地多做停留，它騰空而起瞬刻間消失在了茫茫天際間。

直到飛碟離去後又過了好長時間，大光頭才哆哆嗦嗦地從黑車底下爬了出來。他環視四周，周圍的一切又恢復了以往，湖面依舊平靜，似乎什麼也沒有發生過。除了沙灘上那一攤攤熱氣騰騰冒著氣泡的肉泥，讓人很難相信就在十分鐘前這裡發生了什麼。

「快！把電話拿來，給我轉boss！」尤娜向手下人叫道。等電話接通後，她馬上迫不及待向上頭彙報：「我們剛有許多弟兄被灰人的飛行器消滅了，道西基地已經開啟了防禦入侵模式，我們現在該怎麼辦？」

然而電話那頭卻一片沉寂，雖然通話已接通，但卻得不到任何回應，「見鬼！」尤娜掛斷電話一揮手叫道：「大家都跟我走！」這時，被打得已有點神志不清的林春生用微弱的語氣講起了中文：「喂，美女……和你商量點事，放了我吧？」尤娜聽了，走上前照著林春生臉頰又是一拳，林春生一低頭徹底昏了過去。

而在湖底洞穴內的鄭海濤等人並不知道沙灘上剛剛發生的這一幕，他們高舉火把在老羅傑帶領下向洞穴內逐漸深入，越往裡走光線越昏暗，通道似乎也變得越發狹窄，空蕩的洞穴上空不時回蕩起一兩聲未知生物瘆人的啼叫，讓眾人不寒而慄。漸漸地前方又變得明亮起來，似乎又是一個別有洞天的世界。就在這個時候，走在最後的王肅像是被什麼東西絆了一下，整個人重重地摔在地上，鄭海濤見狀趕緊來到王肅跟前正要將他扶起，手中的火把卻一下映出了依縮在角落裡的一具殘骸，這是一具類似人類的骨架，保存的還算完整，只是頭骨和骨架都要比正常人類足足大出兩三倍，儘管死者是蜷縮的姿勢，但鄭海濤目測其身高仍快要接近3米，唯一與人類有些區別的是這具屍骸的頭骨前額高高向外凸起，一時間鄭海濤也不知道眼前看到的究竟屬於何物了。

老羅傑來到跟前用火把仔細照了一遍屍體，十分肯定地說道：

「這應該是我那外星朋友一族的，你們看屍骨底下還壓著一些還沒爛掉的袈裟碎片，也就是他們族人平時才喜歡披著這樣的服飾！」

「你是說這是道西類人的屍體，可是他怎麼會死在這裡？」聽老羅傑這麼一說，鄭海濤也來了興趣，他找出了傑夫送給他的筆記，翻到介紹道西類人的那一頁，湊到屍骨前仔細地比對起來。這一對照，他真的發現眼前的屍骸從外形上來看十分符合道西類人的特徵。

對於鄭海濤對屍體的稱呼，老羅傑似乎並不認可，他蹲下身用手中的槍管一邊小心翼翼地扒拉著那具快要散落的骨骼，一邊頭也不抬地說：「道西類人？從沒聽過這個名字，那只是你們這麼叫他而已，事實上，當初美國政府對基地裡所有類別的外星人進行統計時都不知道他們是屬於什麼種群。最奇怪的是，他們竟是所有外星人裡聲道和人類最相像的，而且還會說英語！」

說到這兒，老羅傑突然停了下來，他輕輕地用槍管從散落的骨頭裡挑出了一張拴著細繩鏈的藍色磁卡，「What's that？」張薇湊過來用簡單的英語問道。老羅傑張開一個塑膠小袋，用餐巾紙裹著藍色磁卡，把它放入袋內，舉著它對眾人說：「這種卡是基地裡外星人自己配備的，他們靠這卡可以進入基地裡自己的領域，人類工作人員是拿不到它的。我以前見過這卡，但我們手裡的這張具體是開啟基地哪層入口的我也不知道，但是有總比沒有強。」

說罷，老羅傑將磁卡小心翼翼地收藏好，帶領眾人向前方洞口繼續走去，不知從什麼時候開始，總是有一兩隻看著和比目魚十分相像的生物跟隨著隊伍在大家頭頂上飛來飛去，鄭海濤可以清晰地聽到那些生物在飛行時發出撲棱棱的聲音，但當他隨著聲音將火把照過去時，看到的卻只是凹凸不平的岩石峭壁，其他人也感受到了異樣，特別是張薇，王肅他們，由於害怕都緊緊貼在了老羅傑身後，仿佛把他當作了救命稻草。

老羅傑對眼前的情形似乎也不確定，但他還是盡力安慰幾個被驚嚇地瑟瑟發抖中國人道：「沒有關係，大家跟緊了，到前方有光亮的洞口就好了，沒有事的……」他的話音還未落，就聽到張薇慌亂的驚叫聲：

「啊呀，有東西落到我肩上了！你們快把它趕走呀！」

鄭海濤見狀連忙將火把探過去，果然看到一隻全身灰褐色呈扁平狀的扇形生物抱住了張薇的肩膀，一旁的王肅連忙上前幫忙雙手揪住那生物的兩側用力往下扯。但他越用力，那生物就包著張薇肩膀越緊，同時它從腹部伸出兩根長長的觸手勒住了張薇的脖子，疼得張薇終於發出了慘叫聲，老羅傑衝上來伸手制止了王肅的行為，

「笨蛋！不要用手去觸碰那些你不知道的地外生物，它們身上可能都攜帶著致命的病菌，先不要刺激它，不然那女孩可能就沒命了！」

王肅雖然聽不懂老羅傑在對他吼什麼，但也知道剛才自己所做的一切似乎都毫無用處便放棄了，老羅傑把火把舉到張薇肩膀處，仔細地觀察了一下這個奇怪生物，「把野戰刀遞給我！」他吩咐道，卡洛斯趕緊解下腰間那把看著像是藍波專用的長匕首遞過來，跟著問道：「這有用嗎？」

老羅傑沒有理會，他接過刀先用刀柄在那生物扁平的軀殼上敲了兩下，那生物跟著一陣抽搐，包著張薇的身體有些鬆動了，而張薇這時似乎快堅持不住了，豆大的汗珠順著她的額頭拖著一道道汗痕滾下來，她的嘴唇開始變得青紫，呼吸也越來越急促，「她這是缺氧的表現，趕緊把這東西從她身上取走，不然她要窒息了！」見此情景，鄭海瑞忍不住驚呼起來。

「閉嘴！」老羅傑氣急敗壞地叫道：「如果不找對方法，那女孩一樣會沒命！」跟著，他

轉身對鄭海濤說道：「鄭，我需要你幫忙，這東西貼的這麼緊不用刀是不行了，一會兒我要用刀把這東西從她身上剔走，到時候你幫我按住她！」

鄭海濤並不覺得這是個好辦法，他憂心忡忡地問老羅傑：

「這樣硬來可以嗎？我怕會傷到張小姐。」

「那你有更好的辦法嗎？」老羅傑反駁道：「老實說，我都不知道眼前這東西是什麼鬼玩意，我以前在道西基地待了那麼久都沒見過這種生物。」

這時，鄭海瑞也湊過來獻計，「要不我們用火試試吧？也許這東西怕火呢！」

老羅傑點點頭道：「也好，現在沒時間糾結了，這女孩快要沒命了。」就這樣，大家把張薇平躺著放好，鄭氏兄弟一人抓住張薇一隻胳膊，老羅傑跪在張薇頭頂上方，用火把輕輕地在那快裹成橢圓形的生物背上燎了幾下，讓眾人始料未及的是，那生物突然嘶叫一聲騰空而起，全身也隨即舒展開來，直到這時鄭海濤才看清那生物的真面目，原來在那扇狀扁平身軀的下面還藏著一個長滿皺紋的橢圓形小腦袋，它的面部鑲嵌著一雙綠色眼仁小眼睛，鼻子是一根長長的肉管垂在半空中，腦袋兩側豎著一對尖耳，更讓鄭海濤驚奇的是，這生物的小腦袋竟可以在軀體中來回自如伸縮，一旦小腦袋縮到軀體裡，底部的肉身馬上就會合好，讓人看不到一絲痕跡。

鄭海瑞也被眼前所看到的東西深深震撼住了，他不由舉起調成相機模式的手機，對準了正在空中撲騰的奇異生物。一旁的鄭海濤見狀慌忙制止道：「不要……」但他話音未落，「喀嚓」一聲，鄭海瑞已按下了快門。儘管動靜並不大，但這細微的響聲還是驚嚇到了眼前這未知生物，只見它「吱吱」叫了兩聲，突然瘋狂地在空中抽搐起來，全身也慢慢地膨脹了起來，直到在空中漲成了一個球，見此情形圍觀的眾人都有些怕了紛紛後退，鄭海濤正想伸手把地上的張薇拖走，此舉馬上被那懸浮在空中漲成球的生物發現了，它探出頭揚起長長的肉鼻，對準張薇「噗嚓」一發力，一股綠色的黏液啐在她的左眼上。張薇隨即慘叫起來，她臉上沾了黏液的地方馬上被腐蝕得凹陷下去，一會兒就露出了白森森的眶骨，半顆被燒剩的眼球從黑森森的眼眶中掉了出來，那股黏液在張薇面部分解成一灘灘伴隨著刺鼻味道的氣泡，仍舊繼續分解著她的臉部。

很快，張薇的臉就被未知液體燒塌了，猶如半顆被掏空的西瓜，讓每個見了的人都不敢再看第二眼。卡洛斯抄起麥林槍，箭步搶到前面一槍瞬間轟爆了怪物的小腦袋。對方晃了晃身體，猶如一隻泄了氣的皮球從空中飄落到了地上。老羅傑再次發飆了，他一把奪過卡洛斯的麥林槍，氣急敗壞就是一頓臭罵：「你們這群白癡！剛和你們說過不要弄出太大動靜，這樣搞的話我們還沒進入基地就會被它們發現的！」卡洛斯對此卻毫不介意，他聳聳肩，仍舊是一副若無其事的樣子。

看著一位同伴就這樣失去了生命，鄭海濤一時有些接受不了，他跪在地上用一條毛巾蓋住了張薇那燒得只剩一個大窟窿的臉部。由於燒得實在是太慘，鄭海濤全程都別過臉不敢細看。做完了這一切，他起身衝到弟弟面前，一把抓住對方脖領子咆哮起來：

「你他媽賤呀！好端端搗鼓什麼手機？還害死了一條人命！」

鄭海瑞此刻同樣不甘示弱，他不知哪兒來的勇氣一拳打在鄭海濤臉上，大聲反駁道：

「害死她的人是你不是我！當初要不是你慫恿我們跟著你進入這什麼道西基地，張薇也不會死！」鄭海濤被打了個趔趄，往後倒退兩步攥起拳頭又準備上前。眼看兩人就要打起來的架勢，一旁的王肅連忙跑上前一手抓一個勸架：「哎呀，這是幹什麼嗎？有什麼話不能好好說嘛，你們畢竟是親兄弟，在外人面前打成這樣，不怕被洋鬼子看了笑話？」

鄭海濤捂著臉，惡狠狠地瞪著弟弟許久，半晌才大聲宣佈：「你說是我帶大家進來送死的？好！那你們都回去吧，本來這事跟你們也沒關係，我這就通知春生，大家可以回去了。」說這話時鄭海濤特意用英文，以便大多數人可以聽懂，跟著他從腰間拿出了聯絡器開始呼叫外界的林春生。在剛才鄭氏兄弟打成一團的時候老羅傑一直冷眼旁觀，這會兒他卻走上來按住鄭海濤的胳膊說道：「孩子，你不會是認真的吧？你不能把所有事情都看得太過兒戲了。」

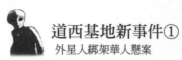

此時的鄭海濤心煩意亂，弟弟在眾人面前對自己的頂撞，再加上呼叫器那頭總是忙音讓他產生了一種想揪著頭髮離開地球的感覺。老羅傑也看出了有些不對勁，他拿過鄭海濤的聯絡器停在自己耳邊等待了一會問道：

「鄭，你那個朋友，他靠譜嗎？」

而鄭海濤幾乎是毫不猶豫地就為林春生做了背書：

「林春生呀，他雖然又懶又膽小，還愛吹牛，但關鍵時刻背叛朋友的事情他還是做不出來的。而且有他在，我總是會覺得很安心。」

老羅傑聽了，緊鎖眉頭歎口氣說道：「那他一定是出事了，這也意味著我們的後路可能被斷了，這只是我的猜測，現在就算我們打道回府可能會比我們繼續前進更危險。」

老羅傑的這一席話讓眾人面面相覷，鄭海瑞也低下了頭不再吭聲，在這種情形下老羅傑繼續說道：「道西基地外部有一個自動防範功能，外星人的人工智慧一旦在基地方圓一公里內察覺到有生命特徵入侵，馬上就會開啟防禦模式，我想現在回去的路可能已經被設下埋伏了，就算我們要原路返回，也要到基地第一層的監控室關掉那個程式。放心吧，這個程式是當初人類科學家設定的，我知道怎麼關閉它。」

經老羅傑這麼一說，尼古拉斯馬上叫道：「那我們還等什麼？我早就手癢癢了，讓我們早點進去，我要殺光那些異形！」

但鄭海濤此刻卻沒有洋人們這番激情，張薇的死深深刺痛了他，同時也讓他產生了一種莫名的負罪感，「我弟弟說的沒錯，此次要不是我主導，大家現在也不會陷入在危險之中，還是讓我一個人去吧，還沒進入道西基地呢就已經失去一個人了，我不想再有人傷亡了。」

「哥——剛才是我不好，你別說了，開弓沒有回頭箭。現在都到這份上了，就讓我們一起把剩下的路走完吧！」眼見哥哥如此消沉，鄭海瑞也意識到自己剛才的話無意之中給他增添了很大負擔，他走上前一把抱住了鄭海濤，鄭海濤也用拳頭在弟弟背上輕輕磕了兩下，做出了善意的回應。

正當眾人要繼續前行的時候，鄭海濤發現一些「道西清道夫」已不知什麼時候湊了過來。由於還有人在，它們只敢躲在不遠處一些岩壁亂石下面蟄伏著，等待機會伺機而動，「不能讓張薇屍體落到這些傢伙手裡！」鄭海濤說著，拿起火把快步走到張薇屍體旁，低頭在心中默念道：「張小姐，對不起了，是我們無能沒保護好你，我不想你屍體再被那些傢伙二次摧殘，所以請原諒我吧。」到這裡，鄭海濤把想說的都說了，他手一鬆，火把落到張薇屍體上，一會兒時間整具屍體就燃起了熊熊烈火。在火光映射下，是鄭海濤一行人逐漸遠去的背影。

當一行人終於抵達有亮光的新洞穴入口時，他們驚奇地發現四周岩壁似乎已經被人為改造過了，所有的岩石表面都被溶化成一種塗層，越往裡走裡面的岩壁越呈玻璃化，鄭海濤認為那更像是一種難以名狀的晶體，看到這一幕卡洛斯也不由感嘆起來：

「見鬼！這絕不是人類的傑作，它們是怎麼做到的？」

老羅傑仍舊一副見怪不怪的樣子，他伸手摸了摸岩壁塗層說：「這是灰人的科技，這也意味著我們離道西基地更近了，從現在起我們跑步前進，中途無論出什麼事都不許停下，前方應該有監控區，我們要一口氣通過那裡。」

老羅傑剛說完前方突然傳來一陣轟隆隆的巨響，與此同時眾人頭頂上方不遠處的穹廬頂慢慢地裂開了一道縫，那縫隙越裂越大，很快就變成了一個正方形。許多殘缺不全的屍體散發著惡臭從天而降，透過那個正方口一股腦地被傾倒在了鄭海濤等人面前，這裡面有殘肢斷臂的人類，更多的則是鄭海濤他們從未見過的外星人屍體。

「快躲起來！」老羅傑焦急地催促道，說話間許多難以名狀的洞穴生物從四面八方衝了出來，直奔堆成小山的屍堆撲去。鄭海濤躲在角落裡用餘光偷瞟了一眼，他看到了正舉著骨刀奔跑著的「道西清道夫」，殺死張薇在空中盤旋的比目魚狀生物，還有全身長滿毛髮、體形像猩猩卻長著類似龜臉的異形，人面蛇身像蚯蚓一樣在地上一蜷一曲收縮前進的生物，以及其他更多鄭海濤都難以描繪的外星生命體，這些奇形怪狀的生物衝到屍堆旁為爭奪屍體大打出手，有的衝過去隨便拖起一具屍體便跑，躲進角落裡慢慢享用。望著前方亂哄哄的場面，老羅傑壓低聲音對大家說道：「正好，我們現在趁機趕緊離開這裡！」

眼下，那些洞穴生物正圍在屍堆前忙著挖掘它們的寶藏，根本無暇顧及其它，鄭海濤老羅傑等人就這樣大搖大擺得從它們身邊溜走了。半道上，鄭海濤突然像是想起什麼似的問老羅傑：

「這裡是外星人的屍體處理廠吧，我們上面是道西基地第幾層？」

「現在還沒進到基地呢，我們上面是湖泊。之前和你說過了，灰人設計出一種逆向輸送技術，可以把東西通過傳送管道從低處傾瀉到高處，這些屍體是從道西基地第二層傳送上來的！」

鄭海瑞聽了也十分有興趣，還自作聰明地說道：「這項技術真是太有用了，如果可以把它學過來用於山地農業灌溉那將會造福多少人類呀！」可惜眼下沒人有心情接他的話，大家都跟在老羅傑身後一路小跑著。他們前方，就是神秘叵測的道西基地，在那裡仿佛有種無形的力量正在向眾人招手，推動著他們邁向黑暗的深淵……

第五章
地表下的罪惡

你不想看到或是看不到的東西，它們也依舊是存在的，當你與它產生交集時，一切都已經太晚了。

一片開闊的場地，路面全部由類似玻璃狀的晶體鋪成，在它上方頂部透亮的天花板四角都安放著大口徑探頭，數架形狀各異的ＵＦＯ擺著整齊的隊形停泊在過道上，它們並不像人們認知的圓形飛碟那樣，還有三角狀和長雪茄狀的夾雜其中。在這些巨大飛行器之間不時晃動著幾個細長的白色身影。

「那就是拉蒂斯人。」此刻，躲在幾十碼距離之外岩壁後面的老羅傑舉著偵查望遠鏡遠遠地一面觀察，一面對鄭海濤等人說道。而他身邊懷揣遠程狙擊步槍的尼古拉斯已經有些不耐煩了，他壓低聲音抱怨著：「還要在這裡浪費多少時間？我們直接殺過去吧，它們又沒有多少人。」

老羅傑絲毫未做理會，仍舊舉著望遠鏡凝望著前方。鄭海濤深知老羅傑的心思，他是在等待機會，在這個過程中，鄭海濤竟然看到四名穿著白大褂的人類跟在兩個灰人身後，登上了一艘長雪茄狀的ＵＦＯ。待飛碟艙門關閉後，上方角落裡的所有探頭都對準了它，隨著場地上空「嗚」地一陣長鳴，四個探頭同時射出藍色鐳射，那架飛碟就在四道藍光的照射下原地消失地無影無蹤。

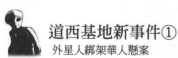

「他們這是去哪裡了？」望著這一切的鄭海瑞如同是在看魔術一樣，不禁感嘆起來。老羅傑也被眼前的景象震驚了，他喃喃地自言自語：

「原來灰人真的有這項技術，利用磁場把輸送物分解成分子後輸送到另一個時空，再將分子重新排列組合後還原。」

聽到這話鄭海濤忽然記起了什麼竟脫口而出道：「你這麼一說，這好像上個世紀美國人搞費城實驗的做法呀！」

「笨蛋！」老羅傑狠狠地瞪了鄭海濤一眼，「美國政府當年就一直想從灰人那裡換取這項技術，但灰人把這視為核心技術沒有與我們分享，最後美國政府還是利用一些手段從道西基地裡竊取了一部分這方面的內容，在一切都還沒成熟的情況下他們就在賓夕法尼亞州用載有人的船開展了實驗，結果失敗了，到現在我們還是沒能掌握這個技術。」

就在幾人低聲竊語的時候，又有幾架飛船通過藍色鐳射的輸送消失了，過道上只剩一架三角形的 UFO 孤伶伶地停泊在那，在飛船左前方的角落裡，貌似有一個升降裝置，旁邊還立著一個奇怪的栓子。

「一會兒我們從那裡下去，這可能是唯一的入口了。」老羅傑指著升降裝置方向、對眾人說道。但鄭海濤卻注意到在前方過道的盡頭還藏著一個小洞口，「我想先去那裡看看，也許那才是入口。」說完，他不等老羅傑發表意見便貓起腰快步向那洞口跑去。

「哥，等等我……」鄭海瑞輕喚一聲緊隨其後。在鄭氏兄弟的帶動下，其他幾人也跟了過去，最後只剩下老羅傑一人待在原地。

「見鬼！」見身邊不剩一人，老羅傑狠狠地跺了一下腳，也只好隨他們而去。

在跑過停泊在過道中央那架 UFO 時，鄭海瑞老毛病又犯了，他停下腳步掏出手機對著飛碟連拍了好幾張，突然他小聲驚呼起來：「你們看，那架飛碟身上好像還刻著文字呢。」後頭的王肅趕緊折回來，拽著他去追趕隊伍，同時埋怨著：「都什麼時候了，你還有閒心注意這些東西，趕快躲起來，一會兒要是那些外星人回來可就糟了。」好在這樣的事情並未發生，大家都順利的抵達了洞口。

進到裡面眾人才發現，這個地方已經被改造成了一個小廳，左側嵌著一扇白色的門板，右側也有兩扇一模一樣的，鄭海濤走到跟前時，那扇門板刷地一聲自動升了起來，「我們留兩個人把風，其他人進去看看。」老羅傑說著指了一下卡洛斯和尼古拉斯示意他們留下，自己帶著鄭海濤他們進了房間。

這是一間不足8平方米的房間，地面依舊是玻璃狀的晶體，屋子裡空蕩蕩，幾乎沒有任何擺設，正對入口的牆上安了上下兩排隔板，每層都擺放著一些古怪的小物件和石頭。環視四周，鄭海濤馬上嚇得打了一個冷顫接連倒退兩步，沒站穩竟一屁股坐到了地上。只見兩側的牆壁上嵌滿了人類完整的乾屍，每具都是頭髮枯黃面如骷髏，有的從牆壁裡探出半截身子呈掙扎狀，有的整個側身映在牆上猶如羅浮宮壁上的浮雕，此情此景讓到訪者無不感覺自己正置身於地獄之中。

鄭海瑞和王肅的表現還不及鄭海濤，王肅不經意瞥見這一幕馬上蹲在地上哇哇地嘔吐起來，鄭海瑞則尖叫一聲掉頭就往外衝，不留意與老羅傑撞了個滿懷，兩人一起坐到了地上。

「你幹什麼！給我冷靜下來，你再這樣用不了多久我們就會被發現的。」老羅傑爬起來一把將鄭海瑞從地上拎起，將他抵到牆角氣急敗壞地呵斥道。

「這……這……他……屍體……」此刻，慌亂之下的鄭海瑞已說不出一句完整的話了。他用手指向嵌著乾屍的牆壁方向語無倫次了半天也沒說明白。老羅傑朝牆上望了一眼，歎了口氣說：「這裡應該是拉蒂斯人擺放收藏的地方，有的外星人就是喜歡用人類的屍體作為牆上的裝飾品，特別是完整的屍體，在他們看來，我們就是低等生物，和我們掠來的牛或其他家畜並沒什麼區別。」

聽了這話，鄭海濤仍舊忿忿不平，他重新環視起嵌滿屍體的兩側牆壁喃喃道：「真不敢相信這是掌握著比地球先進技術的高等智慧生物幹出的事情！他們簡直不是人……」

「沒錯，你覺得它們不是人，在它們眼裡我們亦是如此，我們不是也常拿梅花鹿的腦袋做成掛在牆上的標本而絲毫沒有負罪感嗎？」老羅傑走到鄭海濤身邊，拍了拍他肩膀，指著這些牆裡的乾屍說道：

「比起你們驚訝人類屍體為什麼會在牆裡，我更感興趣的是這些受害者的身份，因為外星人綁架的人類一般是被直接送到道西基地第一層的大廳，然後經過篩選再一層一層地往基地下面送，而不是做成乾屍放到這裡，別忘了我們現在可還沒進入道西基地呢。」

但鄭海濤這會兒卻沒有心思跟著老羅傑琢磨這個問題，他低著頭向前方安有隔板牆的方向走去，一路上他都不敢抬頭以避免看到兩側牆壁上的乾屍。來到隔板前，鄭海濤隨手從第一層抓起一塊類似隕石的小石塊，放在手裡卻好像根本掂不出分量，正當鄭海濤覺得奇怪的時候，突然感到手中的東西掙扎起來，他不由地手一鬆，那石塊竟自己浮到了空中。所有人都看呆了，包括老羅傑，驚愕之餘鄭海瑞不忘輕輕地拉拉老羅傑袖子問：

「這個，你作何解釋呀？」

「不知道！」老羅傑搖了搖頭說道。

鄭海濤對這塊浮石產生了濃厚的興趣，他伸出手指輕輕地觸碰了一下浮在半空中的石塊，那石塊就像是得到某種命令一樣突然以驚人的速度四處飛馳起來，所到之處觸及的東西無不被打翻在地，包括一具突出牆壁的乾屍腦袋，看似破壞力還不小。

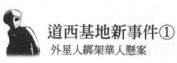

老羅傑見狀忙招呼大家快退出來，隨著最後一個人撤出，一道門板從天而降落了下來，將那塊四處亂逛的石頭擋在了屋子裡。「好險呀！搞出這麼大動靜，我們差點被發現。」在小廳過道裡，老羅傑深深鬆了口氣，他伸手想去撩一下頭髮，卻發現汗水早已浸透了額頭。

鄭海濤好像還意猶未盡，他又跑到對面的門前，隨著白色的門板彈起，又一個房間暴露在了眾人面前，跟著就聽他驚呼起來：「天吶，你們快來看，這裡有好多人的衣物！」大夥聞訊魚貫而入，果然看到房間地面到處鋪的都是白色大褂和各式褲子，皮帶，襪子。鄭海瑞眼尖，他發現許多白色大褂上還別著類似ＩＤ卡片似的東西，他上前彎腰從一件白大褂上拆下一個查看，果然那是一個印著黑人頭像的ＩＤ卡，上面用英文標著他的名字：道格拉斯．麥克。

與此同時，另一頭的王肅也叫了起來：「我這裡也找到一張，是個白人女性，好像叫珍妮佛．惠特尼。」類似這樣的ＩＤ卡還有很多，很快鄭海濤他們就從白大褂上扒拉下來了十幾張，在他們搜集卡片的時候，老羅傑望著地上的眾多衣物一直緊鎖眉頭，大約過了幾分鐘，他才恍然大悟似地向眾人宣佈：

「我知道了！原來剛才房裡牆上的屍體都是這些衣物的主人，我初步判定他們應該是美國政府根據協定向道西基地派駐的科學家，他們參與和灰人共同開展的基因實驗和其他領域的技術分享，這些人裡很多都是直接從軍隊裡下來的。」說著老羅傑從鄭海濤手裡接過一摞ＩＤ卡開始一張張地甄別起來，在進行中他還不時地從裡面挑出一張拿到另一個手裡跟著解釋說：「這個人我認識。」很快，老羅傑的另一隻手裡就已經有四張卡了。

聽了老羅傑的解釋鄭海濤仍舊有很多不解：「這些科學家既然是人類根據和外星人簽署的協定合法派駐進來的，為什麼外星人還要把他們殺了鑄成裝飾品？」

「這應該是道西之戰以後的事情！」老羅傑頭也不抬地說，他依舊在數著手裡的卡片：「我認識的這幾個人裡，有的在我還沒調到基地上班的時候就已經在這裡做研究了，79年以前，美國政府與以灰人為代表的外星人相處地還基本不錯，所以那時道西基地第一層到處都是人類科學家，有的甚至還被灰人邀請到第七層的基因實驗室去觀摩，自從79年我們的特種部隊攻入基地發起了道西之戰以後，這些美國派駐的科學家多數就再也聯繫不上了，事後雙方和解時灰人對此給出的解釋是這些科學家在道西之戰中都被特種部隊當做目標給打死了。這麼多年來，包括政府方面都不再對找尋這些失蹤的科學家抱什麼希望了，想不到今天我們卻在這裡找到了他們下落。」

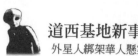

正說著，一旁端著槍巡視的卡洛斯也有了新的發現，「你們來看，這堆衣服裡還有一本書。」說著，卡洛斯用腳輕輕一勾，一本硬皮書就從衣服堆裡露了出來，老羅傑走上前把它拾起張開、翻了兩頁糾正說：

「這不是書，是一本日記，它的作者是漢斯．漢考克，應該也是這裡的研究人員。」聽他這麼一說，鄭海濤也湊了上來，火急火燎地催促道：「快看看上面寫了什麼！也許我們還能從中尋獲到一些線索呢。」

「日記的最後記載是二○○八年2月7日，我們先看看最後一天日記的主人記錄了什麼吧。」說著，老羅傑清清嗓子、望了圍過來的眾人一眼就開始讀了起來：

「二○○八年2月7日　天氣不明

今天是最後通牒，一大早主管道格拉斯．麥克就把我們七個人叫到T—2區域開會，他整個人看上去很糟糕，實際上我們每個人都是如此，國家拋棄了我們，在這樣一個與世隔絕的地方我們被扣留了13年，有些同事被限制在這裡的時間還要更久，也許這幾天就是讓我們擺脫這樣噩夢般生活的時候了。早些時候有同事就從小綠人那裡得到消息，灰人針對我們這最後一批曾經的盟友制定了最後解決方案。果然，道格拉斯一上來就說灰人通知他讓我們這些人現在必須做出選擇，要不歸化他們，要不就會被處決掉，消息宣佈後大家好像都很平靜，似乎都有心理準備。我也想過這個問題，可我不想像湯瑪斯．傑瑞那樣，太恐怖了，我不能接受，我會選擇迎接死亡，也許這將會是我在這個世上的最後一天，所以我打算把這本日記交給道格拉斯．麥克，他平時和灰人關係很好，它們應該不會處決他，我希望道格拉斯能帶著我的日記逃出去，這樣外面的人就會知道這裡發生了什麼事。」

聽完這段日記鄭海瑞不由地插嘴道：「可是從這遍地衣物來看，被處決的好像不止七個人呀。」老羅傑也覺得很蹊蹺，他馬上翻出那摞ＩＤ卡，一張張地重新翻起來，試圖從中尋找漢斯．漢考克。但翻了一圈也沒有找到這個人，倒是日記中提到的最有希望活下來的道格拉斯．麥克，一摞卡片中他的ＩＤ首當其衝，

「這個人不在這裡！也許他已經死了但ＩＤ遺失了，所以我們沒辦法知道他的現狀。」

老羅傑邊說邊把日記又往前翻了幾頁，「奇怪了！」他喃喃地自言自語說道：「08年的日記只能找到1號和5號的，再往前的日記都是從一九九五年開始的，到一九九七年好像就斷了。」

鄭海濤眼尖，他從中一眼就看出了問題，「沒有斷！你們沒看到嗎，這中間的夾頁層有被撕掉的痕跡，而且應該是被撕掉了有一小摞紙的厚度。」

「見鬼！這是誰幹的？為什麼要這樣做？」眼看從這本日記中尋找答案的希望就這樣破滅了，鄭海瑞不由地嘟囔了起來。

「不知道，也許做這事的人不想讓看日記的後世人讀到被撕掉的內容吧。」老羅傑說完又開始朗讀起5號的日記：

「二〇〇八年2月5號　天氣不明

今天大家又一次聚到一起向拉蒂斯人請願，讓我們離開這裡，它們才是這裡真正的主宰者。我們這次有一百多號人參加了抗議活動，但灰人限制了我們用於啟動基地升降梯磁卡的許可權，我們坐升降梯只到了第三層就被全部攔了下來，我們還有幾十人未能坐上升降梯。參加這次攔截的有羅德星人，它們不僅面相猙獰性情也很狂躁，還有拉蒂斯人族群的近親塔拉吉亞星系的達達人。當然，少不了讓我們見到總會做噩夢的蜥蜴人，它們是拉蒂斯灰人的禁衛軍，作為回報灰人用人類的肉來供應它們。但是這次我們不想退縮了，如果在這樣一個毫無希望、地獄般的地方還要生活十幾年，那麼我們寧願現在就死。但最後抗議活動還是以失敗告終了，當蜥蜴人在大家面前咬斷了組織者傑佛遜．布魯斯的喉嚨時，所有的人都不再吭聲了，我那時也怯弱了，見鬼！平日不自由毋寧死信念這會到那裡去了？」

看完二〇〇八年的日記，再往前翻，95和96年的日記則大多是關於在道西基地的日常生活和與一些外星人打交道的記錄，多數記載沒什麼意義，但日記中有些部分卻提到了一些讓包括老羅傑都前所未聞的事情，如灰人針對人類開展的讀心術實驗，以及通過高等分子組合讓一種介質脫離軀體、以另一種不可觸及到的形式繼續存在這個世界，讓被實驗體從此不用再吃喝，但可以思考以及擁有記憶和情緒，看起來很像是人們常說的靈魂出竅。

整本日記翻完，鄭海濤也沒能從中找到可以對這次行程有幫助的東西，不免有些失望，但這本日記也印證了一個事實：道西基地裡所有的人類科學家都已經被處決掉了。老羅傑張開隨身背負的行囊，將用防水油紙包好、夾著ＩＤ卡的日記本小心翼翼地放了進去。正在這個時候，王肅忽然向前一步對著鄭海濤兄弟一副欲言又止的樣子。看王肅表現的這般奇怪，鄭海濤不由地問道：「怎麼啦？兄弟。」

王肅遲疑了半天，張了兩次口才鼓足勇氣說道：「那個……那個……我可不可以不去了？」

乍一聽這話，鄭海濤剛開始還以為自己聽錯了，直到王肅又重複了一遍，他才發現對方不是開玩笑。

「為什麼？你不是要去救林珊珊嗎！怎麼，你不管你老婆了？」

「管！當然管，可是，這一路走到這裡我才發現我們之前的籌畫是不是太衝動了。」王肅漲紅了臉，為了掩飾自己內心的慌張，他再次把眼鏡摘下，裹在衣角裡來回摩擦，看得出此刻他還有些激動，「有影片為證，我也承認珊珊可能被抓進了道西基地，可是綁走她的是蜥蜴人呀，它們專門吃人，就算我老婆沒被吃掉，就算我們真的進到了那裡，可憑我們幾個能把他們帶出來嗎？我們進去也只是再賠上幾條性命而已，趁著這會我們還在基地外頭，現在回去還來得及，大家說呢？」說完，王肅趕快環視四周，似乎是想要得到大夥的支持，但可惜老羅傑，尼古拉斯等人都不懂中文，王肅剛才的話也只有鄭氏兄弟才聽得懂。

「他說什麼？」看著王肅這番臉紅脖子粗的表演，老羅傑好奇地轉向鄭海瑞問道，鄭海瑞把王肅原話翻譯給了老羅傑等人後，老羅傑聳了聳肩說：「那大主意你們自己定吧，正如你朋友說的那樣，現在撤還是來得及的。」

「那……那你走嗎？」鄭海瑞試探性地問道。

「我不能走！道西基地已經開啟了防禦模式，現在外界方圓幾里任何一點小動靜都可以令基地發射鐳射武器，那樣的話整個道西鎮就完了，我必須要進去關閉它。還有，如果有可能，我要不惜一切代價摧毀灰人的基因實驗室，況且這次進來我也沒有想過會活著出去。」

「我也不會走，小潔這次去美國我本可以阻止她的，我不能留她一個人在這裡受難。」在老羅傑說完後鄭海濤也跟著表了態，為了讓王肅能聽懂他故意用中文說道。

「拉倒吧！少扯淡了。」王肅不屑地打斷了他：「你倆結婚了沒？你倆的感情再深能有我們夫妻深？你女朋友沒了還可以再找，老婆沒了我就成鰥夫了！我和珊珊還有孩子呢，我比你更想把老婆找回來，你沒了女朋友只是沒了愛情，我沒了老婆可就沒家啦！誰親人不見了都會抓狂，我也是，但我比你要冷靜一些，我會分析可你不會，我知道現在回去我女兒還會有爸爸，如果我也死在了裡面我女兒可就真成孤兒了！你現在是被鬼迷心竅了，拿我們大家的命去搏，這是一種不負責任的表現！」

話到這份上，鄭海濤也被惹怒了，他指著王肅吼道：「你不要為自己的冷血找藉口！你這懦夫！」

「我懦夫？」王肅聽後冷笑一聲，重新帶回眼鏡，不緊不慢地往下說道：「我知道你和我的情況不一樣，我記得你說過你和你女朋友從認識交往到現在也才不過半年時間，我承認你們感情很好，但兄弟你現在的狀態一看就知道還沒過熱戀期呢！你做出這種決定你以為是愛情，其實這只不過是你體內荷爾蒙分泌過多造成的假像，我希望你冷靜一些。」

說到這兒看鄭海濤沒反應，王肅趕緊又接著往下說：「兄弟，你這不叫愛情，真正的愛情不是不顧一切的為對方上刀山下火海，你這就是衝動！我以一個結了婚的男人身份告訴你，愛情是柴米油鹽把日子過好，兩個人可以平平淡淡地膩在一起一輩子不分開，你明白了吧？」

此刻一旁的鄭海瑞也忍不住了，他跳起來指著王肅鼻子斥道：「你膽子不行，油嘴滑舌倒很在行，但請你不要把自己的觀念強加給別人了，我哥哥是什麼人我很清楚，我也很敬佩我哥哥這次的決定，我很羨慕我嫂子能有我哥這樣的男朋友！」就在鄭海瑞準備臉紅脖子粗地和王肅吵一架時，鄭海濤阻止了他：

「好吧，王肅，我們還是各自保留自己的觀點吧，眼下真不是爭執這個的時候，你不是要走嗎？可以的，一會兒我讓老羅傑拿一套潛水裝置給你，再派個人把你送到我們登陸的地方，你看好嗎？」

聽鄭海濤這麼一說，王肅反而不吱聲了。就在這個時候，屋外的過道裡傳來了一陣嚓嚓的腳步聲，「不好！這回怎麼沒留人在外面站崗呢？快出去看看！」老羅傑大叫一聲，抄起槍就帶著卡洛斯和尼古拉斯衝了出去，鄭氏兄弟也緊隨其後。

一出門口他們就與一個6英尺高的類人生物撞了個對臉，它全身裹著一套閃耀各色光芒的緊身防護服，細長的脖子上掛著一個尖腦殼的長腦袋，鼻孔塌陷，小尖下巴，深陷的眼眶中兩隻眼睛眯成了一條縫，使人看不到它的眼珠，乾枯的長腿下長著類似鴨子的帶蹼腳掌，與下肢相比它的雙臂顯得格外強壯，一塊塊肌肉凹凸不齊地附在上面。此刻，這個不速之客惡狠狠地盯著老羅傑他們，站在最前面的老羅傑也目不錯珠地回視著它，雙方僵持了大概有幾秒鐘，類人生物忽然用嘶啞的喉音發出一陣低沉的長嘯，掄起手臂朝老羅傑打去，幾乎是與此同時，卡洛斯和尼古拉斯手中的槍也響了，那生物被打地接連倒退，一會兒就被射成了篩子，紫銅色的液體從槍眼中噴出，濺的到處都是，它身子一軟依著牆壁滑到了地上。

「這是一個達達人，還不快走！它們可能已經回來了。」老羅傑朝已經看傻的鄭海濤等人叫了一聲，就帶頭向洞外跑去，眾人也緊隨其後，就連王肅也顧不上提回家的事了，「你們等等我！」他大叫一聲，邁過外星人的屍體追趕大部隊去了。

眾人跑回停泊飛碟的地方卻未發現任何外星人的身影，老羅傑不由鬆了口氣，他指著前方角落的升降臺裝置：「從這兒走！」當眾人跑到升降裝置前時，面對下方黑洞洞的深淵卻發現誰也無法操控這個設備。這時，鄭海瑞注意到了旁邊那個奇怪的栓子，「這上面有個長條形凹槽！」他叫道，老羅傑見狀，伸手從包裡翻出了之前從道西類人屍骸下拾到的藍磁卡遞過來，「刷這個試一下。」鄭海瑞抱著試試看的態度用卡片在長條凹槽裡輕輕劃過，就聽下方黑暗的深淵中隱隱傳來一陣隆隆的響聲，聲音猶如雷聲一般越來越大，大概過了一分鐘，四方形的升降臺面終於升了上來。老羅傑一個箭步踏了上去招呼大家快點上來，鄭海濤卻忽然想起了王肅的事情，他叫住老羅傑：「羅傑先生，我的朋友他不想和我們下去了，能不能分個人出來送他到我們登陸的地方？」

「對不起，這不可能！」老羅傑以西方人習慣的姿勢聳了聳肩說：「你朋友想要回去沒有人阻攔，但是他必須自己走，現在我們人數已經很少了，必須集中力量，不可能為了你朋友再分出一個人去。」

而當鄭海瑞把這話照原本翻譯給王肅聽後，他歎了口氣說道：「算了，我們都被發現了，現在回去估計也來不及了，我還是跟你們走吧。」

就這樣，眾人全部踏上升降臺面，老羅傑熟練地按下了升降臺上控制介面的紅色按鈕，平臺載著眾人伴著隆隆轟鳴聲快速地向深淵下方回落，「你以前開過這玩意兒嗎？」在下降的過程中，鄭海濤好奇地問老羅傑，「你說什麼？！」由於巨大的噪音干擾，老羅傑沒有聽清鄭海濤的問話。正當鄭海濤準備再重複一遍的時候，一個黑影忽然從他頭頂上空一掠而過，鄭海濤甚至可以感覺到那東西飛過時帶動起他頭髮的風聲，跟著王肅也指著空著大叫起來：「媽呀！有鬼呀，有背上長一對翅膀的東西在跟著我們。」順著王肅指的方向，鄭海濤果然看到大約有三隻類人狀卻長著蝙蝠翅膀的怪物尾隨著快速下落的平臺俯衝而來。

「見鬼！這又是什麼鬼東西！」卡洛斯大叫一聲，舉起衝鋒槍朝著在空中來回飛竄的怪物一陣猛射，但是這些生物異常靈活，子彈似乎都無法近身它們。老羅傑見狀一把壓下卡洛斯的槍：「好了！別浪費彈藥了，它們追一會兒就不會追了，我們馬上就要降落了。」

果然正如老羅傑所料，那三隻怪物撲棱著翅膀跟著升降臺快要追到地面的時候，忽然調轉方向一提速重新撲向高空。望著它們遠去的身影，鄭海濤感嘆道：「這裡真是一個怪異的世界呀，這裡所有的生物我都沒見過，我都懷疑我們這會是否還在地球上？」

「剛才那個物種叫古裡安，古人們把它們稱作惡魔，它們是最早一批被外星人帶到地球的生物，大概是在西元200年羅馬帝國時期，它們四處覓食攻擊人畜，後來數千年間它們消失地無影無蹤，想不到它們卻隱藏在這道西基地裡。」

「那你怎麼知道的這麼清楚？」鄭海濤問，老羅傑呵呵一笑，「當我兒子被帶走後，有一個叫聖喬治亞屠龍兄弟見證會的組織找到過我，他們知道我曾經在道西基地工作過，因此想從我這裡獲取一些那裡面的情報，為此他們也告訴我了一些事情，那個組織有個部門就是專門研究道西基地裡各種生物的。」

「怎麼又是聖喬治亞屠龍會！」鄭海瑞聽到後小聲嘟囔了一句，「這個組織好像對外來遊客不太友好呀。」

「這麼多年來他們一直致力維護外星人和人類之間的平衡，他們的另一個任務就是守衛道西基地，阻止人類進入那裡，為此他們甚至可以殺了你。」

說話間隨著「呯」地一聲巨響，眾人腳下一震，升降臺降到了地面。鄭海濤環視四周，發現升降臺兩邊依舊是一個接連一個的洞穴，四通八達不知通向何方，而在他們前方是一條望不到頭的寬敞隧道，它的側壁上安滿了管道和電線，上方頂部每隔100米就裝有一盞探照燈，「這應該就是通往T區域的入口了。」老羅傑指著前方隧道胸有成足地說，因為怕鄭海濤他們聽不明白，他又更加詳細地解釋道：「道西基地第一層以前是人類活動的區域，以字母T開頭，共設有3個區域，T－1是人類員工宿舍休閒區，T－2是會議辦公區，T－3是轉運倉庫區，再加上警備控制室室區域和外星人設置的聯絡處，第一層一共有五個區域組成，我常年在這層工作，只要我們到了T區域，我就能帶你們繼續往下走。」

「那這些洞穴是什麼？」卡洛斯用槍指著兩側那些大大小小連在一起的洞口問，老羅傑搖了搖頭：「不知道，說實話幾十年前這些洞口是不存在的，拉蒂斯人可沒有挖洞的習慣，看這些洞口也不像是人為挖掘的。」正說著他忽然注意到兩側洞口處有幾處坎坷的地面似乎在抖動，老羅傑以為是自己看花了眼，他不由重新揉了一下眼睛，就在這瞬間，左側洞口地面一處猛地炸起一堆土來，隨即一條類似蚯蚓的巨大蠕蟲從坑裡扭著軀體直立起來。它沒有面孔，頭頂上咧著一張血盆大口透出鋒利的牙齒，身體上寬下細，軀體兩側伸出一對利爪。老羅傑不由地往後倒退兩步，那怪蟲趁機一躍跳出坑來，以腹部匍匐地面跳躍著向眾人逼來，「大家都躲開！」卡洛斯大叫一聲，擋到老羅傑前面，朝著它就是一梭子彈，「吱——吱——吱」怪蟲慘叫著倒在地上，連著噴出好幾口綠色的液體，痛苦地扭動著身軀，但是一切並沒有因此結束，越來越多的地面炸起泥土，一隻隻張著血盆大口的蠕蟲從坑裡鑽出，很快就把鄭海濤等人包圍起來，

「快跑！大家往隧道那裡去！」老羅傑拔出手槍大聲召喚眾人。就在這時一隻蠕蟲忽然一躍而起將老羅傑撲倒，一口啃在了他的肩膀上，「啊！」老羅傑發出了撕心裂肺的慘叫聲，一旁的尼古拉斯見狀從腰後拔出大砍刀，一刀劈下去，那怪蟲馬上身首分離。鄭海濤兄弟搶上前去，一人架起老羅傑的一條胳膊，攙起他向隧道跑去，卡洛斯端著槍跟在他們身邊，一面跑一面環射那些試圖靠近的巨大蠕蟲。眾人身後，這些蠕蟲們怪叫著依舊緊追不捨，直到跟進隧道又追出一段距離，它們才悻悻地返回出土的地方。

一路上老羅傑不停地痛苦呻吟著：「額！見鬼，好疼，咬我的傢伙嘴裡可能攜帶致命病菌，我會死的……」

攙扶他奔跑的鄭海瑞見狀馬上安慰道：「羅傑先生，儘量別說話，你要保留力氣，不會有事的，等到了基地裡我們再想法找地方給你包紮。」

「不行……不行，我……有些喘不上氣了，停下來……讓我休息會。」此刻，老羅傑聲音顯得越發虛弱，鄭海濤止住了腳步看看四下，隧道裡除了他們幾個空無一物，蠕蟲們也沒有追來，他不由放鬆下來，「好吧，我們原地休息一下，醫療包誰拿著呢？先給羅傑先生處理傷口吧。」說著，鄭海濤從卡洛斯手中接過醫療包，跪在靠牆半坐的老羅傑身邊，開始用藥水幫他洗涮傷口。卡洛斯、尼古拉斯持槍在周圍踱步戒備，王肅一臉沮喪地蹲在地上，雙手抱著腦袋絕望地說道：

「這下好了，馬上又要死一個了。照這樣下去，我們過不了基地第一層就會全部死光。」

「閉嘴！」鄭海瑞用中文大聲呵斥道：「現在說什麼都沒意義了，我們必須抱團取暖才有機會生存下來，你要不就自己回去，要跟著我們就別再說這些沒用的！」

大概是被鄭海瑞的氣勢鎮住了，王肅瞪了他一眼就不再吭聲了。鄭海濤替老羅傑包紮好傷口，起身對眾人說道：「羅傑先生受傷了，我們走慢些，一會兒我們兄弟扶著他走，尼古拉斯先生，我需要你端著槍走最前面，如果再遇到什麼東西馬上開火別讓它們接近，卡洛斯你斷後吧，剩下的東西都讓王肅拿著。」就這樣，在鄭海濤的指揮下，一行人打點行囊重新踏上征程，在空曠昏暗的隧道中蹣跚前行。

大約走出了一公里，走在隊伍前頭的尼古拉斯隱約看到前方不遠處有一個背對著他們的人影在晃動，他的動作很慢，一直在搖搖晃晃地往前挪步。「是誰！？待在原地別動，不然我開槍了！」尼古拉斯大叫一聲的同時拉開了槍栓，「等等！」鄭海濤制止了他，同時貓著身子跑到前方觀察了一會，回來對尼古拉斯說道：「前面那個好像是個人。卡洛斯，你跟我過去看看。」

在眾人說話間，前方的人影好像什麼事都沒發生一樣，繼續一搖一晃地向前挪動著沉重的步伐。鄭海濤和卡洛斯端著槍追趕上去，發現那是一個穿白大褂的中年白人，他佝僂著背慢慢移動著，似乎並不受鄭海濤等人的影響。鄭海濤擋到那人面前，一眼看見他胸前別著的ＩＤ牌，上面寫著：漢斯．漢考克。鄭海濤倒吸了一口冷氣：「天吶！他就是那本日記的作者！」，但此時眼前的漢考克卻顯得十分怪異，他面無血色目光呆滯，步態不穩彷彿像是一個被操控的牽線玩偶。

「漢考克先生，這裡就只有你一個倖存者嗎？你是怎麼活下來的？」鄭海濤不放過任何機會，接連向漢考克發問，但漢考克卻毫不理會，搖搖晃晃地只顧往前走，同時喉嚨深處像倒倉一樣發出一陣陣低沉沙啞的怪音。鄭海濤仍不死心，他一把拽住漢考克試圖讓他恢復理智：

「漢考克先生，振作點，我們是來救你的，跟我們走吧，我們把你帶出去。」終於漢考克停止了前進，他轉動起僵硬的脖子，偏過頭面無表情地看了鄭海濤一眼，結結巴巴地說道：「我出……出不……去了」那聲音細弱而又機械，感覺像是由很遠的地方傳過來。

「為什麼？日記裡你不是一直想離開這裡嗎？」鄭海濤一怔，接著試探性地問道：「難道你還有什麼顧慮嗎？」而就在這個時候，意想不到的事情發生了，漢考克一翻白眼，跟著腦袋一扭呈120度角軟搭搭地仰到了身後，與此同時一隻尖冠狀、濕漉漉的乳白色灰人頭顱撐破了衣服，從漢考克胸腔中探了出來，它艱難地扭動著脖子環視四周，用和漢考克一摸一樣的聲音說道：「因為……我……我……已經……歸化了。」說話間，它頭顱下方不遠的位置又有一雙純白色小手跟著探了出來。

鄭海濤嚇得大叫一聲，下意識地舉起手槍對準漢考克胸前那醜陋的腦袋。對方卻不閃躲，而是瞪著那雙只有黑色眼瞼的大眼睛直勾勾地看著他。也就是在這時鄭海濤突然發現舉槍的雙手好像不再聽自己使喚了，那正要扣響扳機的手這時卻操縱著槍口慢慢調轉方向指回了自己。見此情形，身後的老羅傑顧不上自身傷痛，朝鄭海濤喊道：「不要和它對視，小心被它的讀心術操縱！」

一旁的卡洛斯見勢不對，端起衝鋒槍一梭子彈全部打在了漢考克胸前，那外星人頭顱被打的腦漿迸裂，慘叫一聲後就有氣無力地耷拉了下去，跟著漢考克的身體也一頭栽倒在地上。直到這時鄭海濤才感到雙手慢慢地又恢復了知覺，他試著活動了一下手腕，想起剛才自己差點被自己打死，冷汗不由浸濕了他的後背。這時，鄭海瑞攙著老羅傑也趕了過來，望著躺在地上的人類與外星人合體，老羅傑喃喃自語起來：「原來這就是日記裡提到的歸化，拉蒂斯人想用這種辦法重返地面，看來事態遠比我想像的還要嚴重，我們一定要阻止它們！」

「那前方就快要進入道西基地了，你有什麼打算？」鄭海濤問。

「用我們特有的方式和它們說Hi！」老羅傑冷笑一聲，回頭看了一眼正在檢查槍械彈藥的卡洛斯和尼古拉斯，三人對視了一下臉上同時露出了會意的微笑。

第六章

第一層　被遺忘的角落

那黑暗幽深的地方，響著不絕於耳的雷鳴般哭聲，我定神往下望去，除了感到深不可測，完全無法看見任何景象。

——但丁《神曲》地獄篇

「道西基地，一座本來不應該存在的地方，卻因為人類的貪婪和無知得以築建，邪惡在這裡滋生，無辜的婦孺在這裡受難，他們卻繼續用良知和同伴的鮮血在這裡與魔鬼交易……」

抵達了隧道盡頭，望著洞口外宏偉的大立柱和眼前寬闊的空間，鄭海濤不由地在內心深處感嘆起來，他走出隧道仰頭環顧四周，整座基地死氣沉沉，似乎已經被遺忘了很久。由於供電系統和電線不知何故被切斷，他們周圍還不如隧道裡明亮，昏暗的氛圍籠罩著每一個人，空氣中也散發著死亡的氣息。區別於基地外的飛碟區域，這裡的地面全部由大理石鋪成，兩排巨大的羅馬立柱拔地而起，由隧道口兩側向遠方延展開來，許多柱身都遺留著彈痕，其中靠近隧道的柱子上掛著一個佈滿彈孔的路標，箭頭指向前方，上面用英文寫著：T-zone。

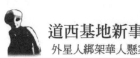

透過昏暗的光線，鄭海濤隱約看到距他們左側拐角裡有一座張開門的小倉庫，他決定讓大夥先到裡面休息一會兒，老羅傑的情況越來越不好了，自從在隧道入口處被怪蟲咬傷後，他就開始一直發燒，整個人時好時壞，高熱令他雙眼佈滿血絲，眼眶也紅腫起來，最嚴重時他雙腿開始打顫，必須要讓人攙扶才能前行，因此本來幾分鐘就可以跑出來的隧道他們卻足足用了20分鐘才走出來。

正當鄭海濤吩咐鄭海瑞，卡洛斯先帶著老羅傑先去小倉庫時，卻被伏在卡洛斯背上的老羅傑叫住了：

「鄭！我們必須先去電力室重啟照明系統，不然這種環境下我無法辨路，30年了，這個地方和我離開的時候變化實在太大了。」

「沒問題，羅傑先生，不過你現在需要休息，重啟供電系統就交給我吧，你告訴我怎麼走就行。」

老羅傑疲憊地點了下頭，有氣無力地說道：「你沿著柱子一直往前，走下臺階，看你的右手邊有一個牆身是玻璃的屋子，進去後從那些儀器介面上找一個藍色的手柄，把它往上推電腦系統就會自動啟動了。」

一旁的鄭海瑞生怕哥哥搞不定，馬上自告奮勇地站出來說道：「好的，我和他一起去。」正當兄弟二人轉身準備離開時，尼古拉斯從背後叫住了他們：「嗨，等等，你們還要帶上這個！」說著，一支M4卡賓被拋到了鄭海濤的懷裡。

鄭海濤看著眾人將老羅傑攙進小倉庫才和弟弟離開了那裡。一路上，由於周邊光線實在太昏暗，鄭海瑞不得不扭亮了一支人工火把，才使他們得以看清前方的道路，鄭海瑞不由因此抱怨起來：「這哪裡像是外星人的基地，簡直就是一座死氣沉沉的墳墓，連個人影也見不到！」

說話間，他腳底突然像是踩到了什麼東西，手中的火把探出了橫在前方的一具屍骸。對於鄭氏兄弟而言，在通往道西基地的山洞裡各種屍骨他們都已經看多了，所以鄭海濤並沒怎麼留意腳下的這具。倒是弟弟鄭海瑞眼尖，他指著地上的屍骸叫起來：「哥，你看，這個骷髏頭上還頂著美國頭盔呢！」經弟弟這麼一說，鄭海濤也好奇地俯下身一看。果然，一頂側身貼著US字母蠟標的M1式鋼盔緊緊地箍在骷髏的頭上。作為一個軍事愛好者，他一眼就認出了這是美軍30多年前的裝備，誰也無法想像30多年前這名還沒有化為屍骸的美軍陸戰隊士兵在這裡到底經歷了些什麼。

鄭海瑞舉著火把四下照去，發現這樣的屍骸到處都是，幾乎每具屍體上都附著著美式裝備。很多人仍舊保留著臨終前的各式姿勢，呈蜷縮狀，或是臉偏過雙手做阻擋狀比比皆是，從中可以推測他們去世前應該非常痛苦。

兄弟二人小心翼翼地繞過地上橫七豎八散落的屍骸，很快就來到老羅傑口中的臺階處。鄭海濤卻在這時隱約看到一個孩童般的身影在那裡一晃跑下了臺階，他馬上大喊起來：「喂！請等一下，別跑，我們不會傷害你的！」

見對方沒反應，他又用中文大聲重複了一遍。見此情形鄭海瑞也緊張了起來，他拎著卡洛斯扔給他們的M4卡賓槍，壓低聲音對鄭海濤說道：「哥，我們下去吧，我掩護你！」此刻鄭海濤一門心思都放在剛剛臺階處一閃而過的小黑影身上，他從鄭海瑞手中搶過火把直接衝了下去，發現底下原來是一個兩邊連著臺階的凹台，中間果然有一個牆身由玻璃構成的控制室，但不知為何上面的玻璃全部都打碎。他在這裡找了一圈，試圖尋找剛才跑下來的黑影，但在這小小的地方他卻沒有任何發現，這時鄭海瑞也走了下來，

「哥，算了，別找了，也許是剛才看花眼了呢？這裡本來就暗，還是趕快辦正事要緊吧。」

聽弟弟這麼一說，鄭海濤也就不再堅持了。他們走入控制室，一股黴臭味迎面撲鼻而來，

借著昏暗的光線鄭海濤看到裡面遍地狼藉，牆上貼著一幅被撕掉一半的三點式美女海報，地面堆滿了垃圾，破爛的迷彩服，各種汽水瓶罐，他甚至還在地上撿到了一張紙質發黃的英文報紙，再一細看原來是一九七八年版的。儀器設備控制台就設在L形的角落裡，機器上所有的按鍵都呈關閉狀態，上面覆蓋著厚厚的灰塵和蜘蛛網。在控制台旁邊的沙皮靠椅上，坐著一具長著後腦骨高翹、錐字下巴的骷髏屍體，從外形上一看就不屬於人類，它的後背插著一把刺刀，死時還保持著一隻手搭在控制台介面上的姿勢。鄭海濤要推動的那個藍色手柄正好就被壓在它那長有六個手指骨的巴掌下面。

鄭海濤舉起槍托對著座椅上的屍骸戳了一下，那骨架馬上稀裡嘩啦散落一地，就在他準備拉起藍色手柄時，突然發現屋外遠處好像正閃爍著一雙雙綠油油的小眼睛，它們圍著屋子在黑暗中來回打轉，窺視著裡面人的一舉一動。鄭海濤壓低聲音小聲對弟弟說道：「海瑞，你也看到了嗎？外面好像不對勁。」

鄭海瑞向外瞟了一眼，語氣也變得不自然起來：「哥，我不大確定，別管他了，趕緊恢復電力吧！」

隨著藍色手柄被推到上方，儀器盤上五顏六色的按鈕鍵重新閃爍起來，嵌在控制台介面的電腦螢幕上快速地打出一連串的代碼，不一會兒功夫外面天花板頂棚上的照明設施便伴隨著巨大的匡匡響聲層層疊著由近至遠被逐一點亮，整個基地又恢復了光明。直到這時鄭海濤才發現這個地方原來比他預想的還要遼闊，放眼望去前方根本看不到盡頭，鄭海濤回頭再朝窗外感覺之前有異樣地方望去，卻發現那裡什麼也沒有。「幻覺，剛才一定是幻覺！」他對自己說。

正在這時，他們的頭頂上空忽然傳來一陣由音訊合成的噪音波，聲音時高時低，二人被聲音刺激不由同時捂住了耳朵，但刺耳的噪音仍舊透過指縫像針紮一樣一下下攻擊著他們的耳膜。

「我快受不了了！」鄭海瑞雙手捂著耳朵蹲在地上大叫起來，好在那刺耳的噪音沒有持續多久就停止了。他們還沒緩過神來，上空又傳來一陣英語廣播，一連重複了兩遍，聲音在空蕩的基地上空久久回蕩：

「請注意！請注意！基地電力已重新開啟，請確認各區域電力供應情況，請相關人員立即返回 T-zone，部分地區可能遭到外來入侵，重複一遍……」

突如其來的廣播聲讓鄭海濤有些慌神了，他一把拉起弟弟奪門而出，順著原路一口氣跑回了出發的地方。此時，老羅傑神情焦慮，一見鄭海濤便迫不及待地說道：「道西基地第一層已重新開啟，剛才那陣讓人很不舒服的噪音波其實是拉蒂斯人的官方語言，它們是靠聲波交流，因為這層之前駐紮的大部分是人類，所以英語也被納入本層廣播使用語言之一，我們現在必須趕緊動身，要趕在那些異形找到我們之前離開這層，現在這裡已不再安全了！」

眾人簡單地打點了一下行囊，剛出小倉庫就看到一個類似於棒球狀的機器球體在他們頭頂繞來繞去。

「Shit！」卡洛斯罵了一句，抄起槍瞄準目標，那球體卻突然轉了個彎提速飛走了。

卡洛斯還想再追，老羅傑卻制止了他：「別管它了，我們趕緊離開這兒，我們先去T區域！」

老羅傑一手搭在鄭海瑞肩膀，由他扶著走在前帶路，眾人尾隨其後魚貫而行。當他們路過鄭海濤先前發現人類殘骸的地方時，老羅傑指著地上的一切感嘆道：「他們都是美軍特種部隊，道西之戰中奉命去解救被拉蒂斯人綁架的人質，但那次行動並不成功，我們死傷慘重，很多弟兄最後都沒出來，他們應該是撤退途中迷路在這裡遭到了伏擊。」

「是灰人幹的嗎？」鄭海瑞問道。

「看著不像，灰人交戰時使用鐳射武器，被雷射光束打中的目標會變成一灘肉醬，骨架哪裡還會存在。」此刻，儘管老羅傑已經十分虛弱了，但他仍舊喘著粗氣把自己知道的一切告訴眾人。

「那他們是被誰殺死的？」鄭海瑞也產生了興趣。

「不知道，也許這永遠是個謎。但我知道的是，如果我們不能儘快到達通往第二層升降梯那裡，用不了多久我們也會像地上那些人一樣了。」

一路上，老羅傑帶著眾人七拐八拐來到了一處寬敞的空地，在它四個角落裡壘滿了集裝箱一樣的東西，空地中央站著一個巨大的人形機器人軀殼，裡面留出的空間完全可以鑽進一個人。

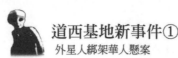

到了這裡，老羅傑似乎輕鬆了一些，他環視四周自言自語地說道：「過了這塊空地我們就快到T—3的轉運倉庫區域了。」，而這時鄭海濤突然注意到他們腳下的地面噴繪著一個個巨大的怪異圖案，樣子很像傳說中UFO留下的麥田怪圈，在鄭海濤把他的推測說出來後，老羅傑點了點頭道：「是的，這裡過去是人類專門幫外星人分揀和運送大件貨品的轉運站，再往裡走就是倉庫了，地上的這些符號是星際十六種外星族群通用的一種文字語言，據說那叫蒂斯亞象形文，人類至今也無法破解這種文字……」

正在老羅傑說話時，眾人四周響起了一波淒慘的哀嚎聲，聲音像是由各種慘叫聲彙集在一起，又猶如萬眾惡鬼哭嚎，此起彼伏不絕於耳。幾乎是與此同時，一條條白色的影子貼著牆角從地縫裡溜了出來，竄到空中圍著眾人頭頂交織飛舞盤旋著不願離去，它們像是由白色的霧氣構成，讓人無法觸碰到，但每一條白色身影都印有一張人類面龐，如同幽靈一般哀嚎著在空中飄蕩。

「鬼呀！」王肅嚇得大叫一聲跳起來就跑。就連卡洛斯、尼古拉斯也沒見過這場面，他們反應雖不像王肅這般誇張，卻也弓腰往後退，做好了時刻逃跑的準備。老羅傑見狀也不管王肅是否聽得懂英語，卯足力氣朝著他背影喊道：

「冷靜下來！小子，你要是看過漢考克的日記就知道，它們不是鬼魂，只不過是外星人用人類做的一個實驗產物而已！」

但這時王肅早已嚇破了膽，哪裡還聽得進這些，只顧玩命地逃跑，卻仍舊甩不掉跟在他頭頂上飛翔的兩隻白影。鄭海濤雖沒跑，但內心同樣充滿了恐懼。不知為什麼，那些白色人影鑽出後眾人頭頂上的燈全都暗了下來，四周再次陷入黑暗之中。那些白色身影在眾人頭頂穿梭時還不斷地在每一個人耳邊低語著。鄭海濤聽到一隻長著老婦面容的白影、盤旋在他面前拖著哭腔不停地哭訴著同一句話：「它們殺了我！它們殺了我……」

此情此景，眾人仿佛已置身於十八層地獄之中，老羅傑和卡洛斯點起火把試圖驅散它們，但這些白色影子似乎並不怕火，依舊在眾人間穿梭自如。

「怎麼辦？它們會不會很危險？」鄭海濤和老羅傑背靠背，趁著用火把驅逐那些白影的間隙憂慮地問道。老羅傑此刻已不像之前那麼自信了，他遲疑了一下說：「不知道，感覺這些東西沒有危險，我們走一步看一步吧，我們繼續趕路不要理會它們，它們可能跟一會兒就散了。」

而正當大夥準備啟程的時候，鄭海濤清點人數卻發現王肅不見了。

「見鬼！我們弄丟了一個人，王肅！你在哪兒？」黑暗中，鄭海濤絕望地大喊起來。

「我剛才看他往那裡跑了。」鄭海瑞指著身後說。

鄭海濤擎起火把向鄭海瑞指的方向追去，一路邊跑邊呼喊王肅的名字。當他跑過一個拐角處時隱隱約約聽到一聲微弱的回答：「我在這裡——」

鄭海濤順著聲音跑過去，果然看到王肅正抱著頭，瑟瑟發抖地縮在角落裡。在他身邊，一隻白色的身影懸在空中不停地朝他叨叨著，搞的王肅都快哭了：

「老兄，你別糾纏我了，我聽不懂英語的……」

鄭海濤走上前去拉王肅，卻立刻被那白影當成了新的傾訴物件：「它們把我們變成了這副樣子，又把我們流放到這裡，還有很多人被它們送到了這裡，這裡是地獄，你們出不去的。」

鄭海濤未作理會，架起已腿軟、走不動路的王肅往回走，好幾隻白色身影跟在他們身後一路低語著，鄭海濤都視而不見。

在白色人影們一路尾隨下，眾人穿過了貨物分揀空地。按照老羅傑的計畫，他們應該要再通過一個堆高機隧道才能到達倉庫區域，可當他們抵達專供堆高機通行的隧道入口處時，卻被前方一堵大鐵閘門攔了下來，鐵閘門旁邊的電閘已被切斷了，斷頭的電線吡吡地在那裡冒著火花。鄭海濤走上去朝著鐵門試著踹了兩腳，一旁的老羅傑見狀喘著粗氣阻止道：「沒用的，門的開關系統已經被破壞了，這鐵門的厚度你怎麼能踹開？」

「那怎麼辦？都走到這裡了，難不成我們就只能放棄了？」見大夥都無計可施，鄭海瑞沮喪地嘟囔起來。

老羅傑沉思片刻說：「鄭，你們還記得路過空地時看到的那個大型機器人嗎？你們扶我過去，它其實是個空殼，是外星人替人類設計的，人可以進去實體操縱它的四肢來搬運重物，它的衝撞能力和抗擊打力也很強悍，我以前開過這玩意兒，但現在我受了傷不能親自示範了，我可以教你怎麼操縱它，我們利用它可以撞開鐵門。」

聽了這話，不等鄭海濤表態，尼古拉斯就搶先說道：「羅傑，這小子身體太單薄，不適合操控這麼個大玩意兒，我帶你去你教我開它吧。」見尼古拉斯自告奮勇，鄭海濤也沒和他爭，於是尼古拉斯像扛麻袋一樣將老羅傑放到肩上，轉身消失在了身後的黑暗裡。

就在這時，靠著鐵閘門休息的鄭海瑞忽然驚慌地從地上跳了起來：「哥，我好像聽到這鐵門後面有很多哀嚎聲和哭聲。」

鄭海濤對此有些不屑，他指著跟隨他們在空中盤旋的那些白色身影說：「別多想了，你聽到的那些哭聲是它們發出來的，你可能是神經崩得太緊了，放鬆下來就好了。」

「放鬆下來？說得輕巧，在這種陰森的地方被各種怪物包圍著，我感覺自己就像是在地獄裡，還怎麼放鬆？」聽鄭海濤這麼一說，王肅立刻不滿地發洩了起來。

正說著，眾人身後傳來了一陣由遠至近的蹚蹚聲，聲音越來越響，帶動的回音在基地空曠的上空久久回蕩。一個巨型機器人雙手捧著老羅傑從黑暗中鑽了出來，鄭海瑞仰頭看著一臉羨慕：「這玩意兒好拉風呀，就和《阿凡達》裡美軍老頭開的機器人一樣，我也想試試。」

說話間尼古拉斯已駕駛著機器人來到了鐵門前，他舉起雙臂，回身朝老羅傑問道：「是這個樣子嗎？我要怎麼用力？」

「你的神經元已經和外面的機器軀殼合成一體了，就像平時一樣，當是你自己用拳頭在砸門！」聽了老羅傑的回答，尼古拉斯調整了一下自己呼吸，屏住氣，雙臂合在一起掄圓了朝著鐵閘門砸了過去。只聽匡噹一聲巨響，鐵門中央凹下去了一塊，中間的門縫也變大了些。尼古拉斯再接再厲像剛才那樣又是幾下子，終於將鐵閘門中間的細門縫擴成了一道口子，他再借用機器人的雙手用力往兩邊一掰，隨著一聲刺耳的響聲，這道厚厚的鐵門被打開了。

隧道裡的燈光十分昏暗，勉強只能探清地面，空氣中充滿了惡臭，門剛一開一股腐屍味便撲鼻而來，薰得站在最前面的鄭海濤一個趔趄。跟著腐屍味一起傳來的還有遍地人類的哭叫和

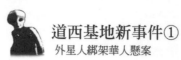

哀嚎聲。當眾人小心翼翼地挪進隧道中，全都被眼前的一幕震撼住了，隧道的地面上佈滿了各種稀奇古怪的畸形類人體，其中只有少數一些還能依稀辨別有人類特徵，其它的早已面目全非。有的是人身狗頭，有的雖是人類面孔卻長有八隻胳膊的蜘蛛身體怪型，有的還三個人頭長在一顆大肉球上，它們疊壓在一起，哀嚎聲中互相噬食對方，伴隨著血腥飛濺，死去的軀體馬上就被其它畸形翻滾到最下面。在地面中央還有一塊空出的凹地，每隔一段時間就會有一批怪形從下面被送上來。趁著大門打開，那些白色人影也就勢飛了進去。一時間，地上是遍地惡鬼屍骸相互枕藉，空中是白影穿梭群魔亂舞，猶如阿修羅地獄重現。

望著眼前的駭人場景，鄭海濤努力調整好自己狀態，回頭對嚇得都不敢上前的眾人說道：「我們現在沒有別的選擇了，只能穿過去，大家通過時一個拉著一個，要是害怕的可以閉起眼睛……」

然而沒等他話說完，王肅突然端起槍指著鄭海濤，歇斯底里地大吼起來：「我不去！不要逼我，說什麼我也不會跟你進去，都是你這混蛋！帶我們進到這鬼地方……」正在王肅歇斯底里的時候，卡洛斯從後面繞到他身邊，趁對方猝不及防之際一拳將他打昏在地。他撿起地上的武器說道：「好了，以後誰也不要再讓這個瘋子拿槍了。」

就這樣，尼古拉斯操控著機器外殼走在前面開路，將地上擋住去路的那些畸形類人體蹚到一邊，鄭氏兄弟攙扶著老羅傑緊隨而行，卡洛斯背著被打昏的王肅斷後。一路上，鄭海濤都能聽到路兩邊紮在一起的那些類人體拖著哭腔用各種語言呼喊求救的聲音。有個兩個人類上半身對拼在一起的畸形，儘管它下半身的同伴已經死了，但求生的欲望還是促使他拖著下面死去的同伴，努力從怪物堆裡爬向路中央，用英文大聲向鄭海濤乞求著：「求求你們，帶我一起走吧，我叫詹姆斯，我是美國人……」

但這會兒鄭海濤也是自身都難保，所以他只能一路上儘量地不去往兩邊看。老羅傑也被這慘不忍睹的場面深深感染了，他咬著牙說道：「這都是拉蒂斯人幹的好事，這些人都是人體試驗的失敗品，它們把被綁架的人類禍害成這樣子再拋到這裡來等死。」

「可是，道西基地第一層以前不是外星人的門戶嗎，怎麼現在變成了這樣子？」鄭海濤不解地問。

對於鄭海濤的疑問，老羅傑給出了種種猜測：「不知道，但我想大概是由於79年人類進攻時，這一層基地損毀的太厲害了，外星人放棄了這裡。或者灰人將基地第一層的人類全都處決後把這裡作為一個緩衝地帶，本來當初修建道西基地時這裡也是給人類居住的，它們住不慣這裡。」

就在鄭海濤邊走邊與老羅傑交換看法的時候，他隱約聽到左側路邊的怪形堆裡傳來了一個奄奄一息，由中文發出的呼救聲：「你們是中國人嗎？請幫幫我，給我補一槍吧……」

幾乎是與此同時，鄭海瑞也聽到了這個聲音。「哥，裡面好像有中國人，我們進去看看！」鄭海濤先是遲疑了一下，最終同意了弟弟的請求，他將老羅傑交給尼古拉斯，提著槍和鄭海瑞朝著聲音方向走去。

他們用槍托小心翼翼地扒開伏在腳下的各種畸形，終於順著聲音在一個角落裡找到了一片形狀不規則的肉餅狀物體。它被咬得傷痕累累，上面印著一張東方人的臉龐，眼珠子還在眼眶裡打轉，而它的身體卻像是融化在地上的一灘水，以至於根本分不清哪兒是胳膊哪兒是腿，鄭海濤定眼一看不由驚呼起來：「你是不是張楠！你不是胡潔的同事嗎？」

那餅狀物用唯一能活動的眼珠轉向鄭海濤看了一眼，虛弱地說道：「我……是張楠，我是被兩隻長得像恐龍一樣的怪物……給抓進來的，同行的老郭當時就……就被咬死了，它們給我注射了藥物讓我不能動……把我關在籠子裡。」

這會兒鄭海濤早已沒有心思去聽這些，他迫不及待地問道：「那你被抓進這裡後見過胡潔嗎？」

「見過……那裡有一排排的鐵籠，關滿了人……我被關進去不久，胡潔和趙小萍也都被送進來了，她們就關在……斜對著我的……第三層籠子裡。」

「天吶，她們果然在這裡！」鄭海瑞驚呼起來：「那我們趕緊去那裡找她們！」

「沒用啦……」張楠費力地長喘一口氣說：「被關在籠子裡的人……人最後很多都……被那些細高個的白色外星人提走做……做人體實驗，我被它們運進器皿裡，給我注射……各種藥物……融化我的身體……」

看到眼前張楠這副模樣，鄭海濤心裡也很難受，他儘量地安慰道：「沒有關係，你們失蹤後我們從沒放棄過你們，我們這次就是來救你們的。」可是鄭海濤這話似乎並沒打動張楠，他只是一直得喃喃自語：「我，我想我媽了，也……想我姐。」

鄭海瑞嘴快，脫口而出道：「你姐姐這次也來了。」

話音未落，他的屁股上就挨了哥哥一腳，張楠一聽馬上追問道：「真……真的嗎？我想……想死之前，最後見見……她。」

鄭海濤眼眶濕潤了，其實對於說不說出真相他已經在心裡考慮了許久，最後還是一咬牙吐出了實情：「你姐姐，她在和我們來找你的路上已經比你先走一步了，到那邊你也許會見到她。」

聽到這裡，張楠長籲了一口氣，最後向鄭海濤請求：「那我……就沒有遺憾了，你，你可不可以用……你手中的槍送我一程？」

聽了這話，鄭海濤嚇得連連擺手：「不行呀！我從來沒殺過人呀！」

鄭海瑞見狀，一把從鄭海濤手裡奪過了槍：「哥，他都這樣了，這是他唯一的心願，讓我來吧。」

隨著呼呼兩聲槍響，張楠合上了眼睛，他徹底解脫了。鄭海瑞收起槍本想馬上返回，卻見哥哥突然像瘋了一樣甩開自己跑到一堆疊壓的畸形前，一邊瘋狂地扒拉著一邊大聲呼喊女友的名字，尼古拉斯見狀朝著鄭海瑞大叫起來：「小子，你還愣著做什麼，快把他弄回來！」在他身邊的卡洛斯則搖了搖頭嘆息道：「完了，又瘋了一個。」

最後還是卡洛斯衝進去和鄭海瑞一起連拉帶拽地才把幾近失控的鄭海濤拖了出來，為了勸慰他，鄭海瑞一路上都在不停地和他重複一句話：「哥，別這樣，嫂子她不在這裡面，我剛看了。」

老羅傑問清事情大概後也加入了勸說行列：「鄭，你弟弟說的對，有些人被抓進來可能要在籠子裡關上好幾個月，你那個朋友只是運氣不好，不要灰心，我們還有機會的。」

「可是，他們都被關在哪裡呢？」鄭海濤終於控制好情緒追問道。

「以前的話被綁架的人類一般都會先被關押在第一層的倉庫裡，再由外星人過去挑人，地點就是我們馬上要去的地方，那裡牆四周都安置著三層高的鐵籠，我那時經常路過，也常看到基地人類工作人員幫著灰人從裡面運人出去。」

說著，老羅傑忽然一陣劇烈地嗆咳，一口血隨即噴了出來。在這種情況下隊伍停止了前進，此時他們已走出了堆高機隧道，來到倉庫區域邊上一處用英文標著「警衛室」的小屋子前，那些在空中盤旋的白色人影也消逝地無影無蹤。

「媽的，我就說那咬我的蟲子有毒。」老羅傑用手背拂去嘴唇上的鮮血，扶著鄭海瑞喘著粗氣說道。鄭海濤也不敢讓老羅傑再走下去，他看到前方正好有警衛室可供休息，馬上命令鄭海瑞把老羅傑攙進去。警衛室裡很寬敞，有辦公桌，轉椅，角落裡還有一個上下鋪的床，就像個員工宿舍，鄭海瑞把老羅傑扶到下鋪躺下，他一挨枕頭很快就昏睡了過去。

相比之下，鄭海濤就沒這麼寬心了，他站在屋門口望著不遠處地面上指向前方的紅漆箭頭，心中是說不出的滋味。這時王肅也清醒過來，他捂著頭朝鄭海濤抱怨道：「我剛才好像做了一個噩夢，夢見你要讓我走過一個遍地都是惡鬼的隧道，到現在我的頭還是暈乎乎的。」

鄭海濤沒有理他，掏出手機看了一眼時間，上面顯示已經是第二天凌晨3點了。「天吶，我們進入基地差不多都過了20個小時了，可我們竟然一點感覺也沒有。」鄭海濤心中暗自感嘆，他朝其他人一揮手說：

「現在外面時間已經是半夜淩晨了，我們進入基地到現在也該休息一下了，大家去吃點東西，輪流警戒，其他人都小睡一會兒，六個小時以後我們再趕路。」

就這樣，大夥在簡單的吃了一些壓縮餅乾後都各自找地方睡覺去了。鄭海瑞、尼古拉斯陪著老羅傑睡屋裡，其他人在外面。因為基地裡有些陰冷，所以卡洛斯特意從屋裡翻出一把木椅卸了，做劈柴在外面點了一簇篝火，大家就這樣套著睡袋靠在火堆不遠處睡下了。鄭海濤因為一點睡意也沒有便自告奮勇站第一班崗。基地裡好似另一個世界，在這裡沒有日月交替，也沒有時間的概念，特別是當大家都睡下來的時候，一切彷佛都在沉寂中定格，只有篝火發出的劈啪聲才能讓他感受到時間還在流淌。就在鄭海濤坐在篝火旁胡思亂想的時候，一個小黑影突然從他視野裡跑過，看著很像是他們之前在控制室追蹤過的目標。

這一回，鄭海濤決定無論如何也要一睹它的真容，他抄起槍貓著腰追了上去。那小黑影似乎知道身後有人在追它，於是連蹦帶跳三兩下跑進了角落裡一台發動機設備的後面。鄭海濤舉起槍用中文大叫一聲：「是誰？不要裝神弄鬼的，快出來！我數三下，不然我就開火了。」說著他故意將槍栓拉地嘩嘩作響。大概是鄭海濤的恫嚇起了作用，沒過一會兒機器設備後面就傳來了回應聲，而且還是用中文，「不要緊張，我沒有惡意。」

聽到對方能講中文，鄭海濤也大吃一驚，但驚愕的同時他依舊保持著警戒。他冷笑一聲繼續叫道：「少廢話，從我們進來後你就一直在跟蹤，別以為我不知道，要想我不開槍你就慢慢的走出來，讓我能看到你。」

那頭聽到鄭海濤的喊話，似乎遲疑了一下才回應道：「好吧，如果你堅持的話我馬上就可以走出來。不過先生，我希望你看到我後不要表現出那種讓我感覺很不舒服的表情，一般剛見到我的人都只會是那一種表情。」

「少廢話，快點出來走到我能看到你的地方。」鄭海濤不耐煩地下了最後通牒。

與此同時，一個矮小的身影從機器設備後面轉了出來，走出陰暗角落的它露出了真面目，原來是一隻全身金黃的猿猴。它有著和人類一樣的體格，一米二孩童般的身高，身上的毛很稀疏，用一條麻袋做圍裙系在下半身，唯一能區別它和人類特徵的是屁股後面那條毛茸茸甩來甩去的長尾巴。

看到這一幕，鄭海濤驚得下巴差點沒掉在地上，一隻能像人一樣直立走路而且可以講話的猴子，足以讓任何看到的人都會覺得自己是在做夢。此刻鄭海濤就是這種感覺，為了驗證眼前的這些不是幻覺，他用力朝著自己臉上扇了一巴掌，馬上疼地嗷地叫了一聲。這時，那猿猴又開口說話了：

「先生，你是在自殘嗎？」

雖然剛才那一巴掌實實在在的疼在臉上，但鄭海濤仍舊不能接受這一切。他快步走到猿猴面前，一邊喃喃地自言自語「你不是真的，你不是真的……」，一邊伸手試圖去觸摸它。猿猴皺了皺眉頭，露出一副厭惡的表情，它舉手毫不客氣地打掉了鄭海濤伸過來的胳膊，大聲抗議道：「我不是你的寵物，你別以為你一伸手我就會把腦袋伸過來配合。還有，你剛才表現出來的神情正是那種讓我感到很不舒服的表情，你必須立刻向我道歉！」

而鄭海濤這時仍沒有從剛才的狀態中緩過神來，依舊是一副語無倫次的樣子：「天吶，這年頭猴子都會說話了，你說你不是寵物，那你是什麼？」

「高級智能猿類人！」猿猴頗具自豪地回答說。

這時卡洛斯和王肅也聞訊趕了過來，看到眼前的情形都和鄭海濤一樣愣在了那裡。那猿猴乾脆跳上發動設備，坐在上面與他們幾個侃侃而談起來：

「你們不要把我和你們所認知的猴子相提並論，我出生在道西基地的實驗室裡，是融合了猿類、人類還有貝蒂斯塔星球人基因的產物。我的智商高達300，你們人類沒有人能超過這個數值。我會講地球上三十多種通用語言，漢語、英語、日語、西班牙語……外加50多種銀河系星際外星語。」

「那你會不會講蜥蜴人和灰人的語言？」王肅插話問道。

「會！只是看我想不想說了。」一被問到這個話題，猿猴立刻來了精神：「一般而言，它們的語言與地球語言差異甚大。它們是用音節溝通，有12個不同的重音符和19個輕音，不同的音符排列在一起組成的音節表示不同的意思……」

而正當那猿猴用中文侃侃而談時，卡洛斯卻因為一句也聽不懂當場打斷了它：「你在說什麼鬼話！我一句也聽不明白。」

猿猴見狀馬上換成英語朝卡洛斯說：「我剛才講的是漢語，你當然聽不懂，不過我就不會有這種問題，之前基地裡有很多人類科學家，他們有講英語的，也有講西班牙語、俄語、漢語，我跟他們接觸不久就能完全掌握他們的語言，可惜他們現在全死了。」

而鄭海濤最想知道的卻不是這些，他毫不客氣地問道：「那你先說說你為什麼要跟蹤我們吧！」

「因為你們是從外面進來的。」猿猴說到這一臉悲傷：「我從出生就在這裡，已經很久了，聽人類科學家說外面的世界很精彩，所以我想請你們帶我一起離開這裡，你們一定知道離開的路！」

鄭海濤點點頭說：「沒錯，我們肯定會離開這裡，但還不是現在，我們要去這個基地第七層救人，如果你能幫我們的話，完成任務後我們就帶你一起走。」

猿猴一聽立刻誇張地驚呼起來：「天吶，你們們要去第七層？如果我是你就不會這樣想，你知道這裡之前的人類都叫那裡什麼嗎？——地獄噩夢廳！」

鄭海濤顯然不想在跟這個猴子廢話下去了，他不耐煩地下達了最後通牒：「你就說幫不幫忙吧，你這小猴子可能也幫不上什麼忙，沒有你我們一樣可以去！」說著，他朝卡洛斯王肅使個眼色，幾個人裝出了要離開的樣子。

猿猴立刻著急了，它跳下來攔住了鄭海濤去路，「等等，你們知道通往第七層的途中會遇到什麼嗎？你們知道怎麼和這基地裡各種外星人溝通嗎？你們什麼都不知道！所以你們需要我。」

見激將法起了作用，鄭海濤心中一陣竊喜，但他表面仍舊裝出一副不情願的樣子對猿猴說道：「那帶上你也行，這一路上你得聽我們的，你的作用就是這一路上都要作為我們的翻譯和嚮導。」

「一言為定。」猿猴調皮地朝鄭海濤眨眨眼，三兩下就躥到了他的肩膀上，它那小孩般的體重立刻壓的鄭海濤蹲到了地上，「你好沉呀，快下來，猴性不改！」他叫了起來。

那猿猴則像做了錯事的孩子一樣撫著後腦勺笑道：「嘿嘿，不好意思，有的時候總是控制不住。」

就這樣，他們帶著猿猴回到篝火旁，鄭海濤隨手掏出一條巧克力棒遞給了它，「這是什麼？」猿猴把巧克力抓在手裡翻來覆去搗鼓著問道，顯然它從沒見過這東西。

「巧克力，吃吧，放心，毒不死你的。」看著猿猴這副滑稽相，鄭海瑞樂了。

猿猴撕開包裝試著舔了一口，立刻兩眼放光一口就咬下了半截，狼吞虎嚥地嚼了起來，看著它的吃相大家都笑了。趁這個時候，鄭海濤問道：「小猴子，你有名字嗎？」

「名字？那是幹什麼用的？」猿猴抬起頭一臉的懵然。鄭海濤蹲在它身邊耐心地解釋道：「就是每個人的一個代號，就好比我，我的代號就叫鄭海濤，所以一說鄭海濤，大家就知道那是我了。」

「哈哈，有意思，那我應該叫什麼呢？」

鄭海濤想了想，忽然靈機一動，對猿猴說：「那就叫你悟空吧！以前在中國有隻叫孫悟空的猴子，它的故事還被編成了一本書，所以這個名字在中國可有名了！」

一旁的王肅聽了忍不住冷笑一聲說道：「你應該說那個叫悟空的猴子本來就是個故事。」

但是猿猴並沒受王肅的影響，仍舊興致勃勃地追問道：「真的嗎？那這個叫悟空的猴子是在哪裡出生的？」

「中國的海南島……」

「等我出去後一定要到中國去看看！那我就叫這個名字了。」猿猴一本正經地拍板決定

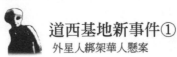

了。

就在鄭海濤與悟空有一搭沒一搭瞎聊的時候，他心中也在思索著一個問題，為什麼灰人要造出這樣一個擁有高智商的猿猴，這裡面是否還另有蹊蹺。

幾個小時後屋裡的人都醒了，當鄭海濤把悟空正式介紹給他們時，又引起了一陣不小的躁動，但比起這些，大家最關心的還是眼下下一步的行動。

「我們要先穿過倉庫到負責監控基地的警備控制室去，必須先關閉基地自動開啟的防禦系統，不然一有風吹草動這方圓幾十公里就全完了。」老羅傑說完，環視了一下眾人問道：「大家有不同意見嗎？」沒想到悟空卻在這時搶過了話：「我認為你說的那個自動防禦系統已經失效了，很明顯貝蒂斯塔人已經放棄了這裡，所以這麼重要的一個系統他們也不會就放在這裡聽之任之。還有，你們來的時候又重新開啟了第一層的供電系統，從那時起貝蒂斯塔人可能就已經追蹤到你們了，當你們一切行動都被對方瞭若指掌時根本就沒有取勝的可能！只有出其不意才能實現你們的目的。」

老羅傑怎麼也沒想到反駁自己的竟然是一隻猴子，而且是當著那麼多人的面，他不由地漲紅了臉，朝悟空咆哮道：「夠了！就算外星人利用基因重組讓猴子說話了，猴子也仍舊是猴子！我用不著讓一隻從實驗室裡跑出來的猴子對我說教！」

悟空一聽立刻火冒三丈，它大叫一聲：「你敢侮辱高級智能猿類人！」跟著一躍而起，躥上老羅傑身體，兩隻腳盤住他脖子左右開弓就是一通亂抽，老羅傑身體虛弱根本毫無還手之力，只是一個勁地咳嗽。鄭海濤等人慌忙衝上來將他倆拉開，為了平息悟空的怒火，鄭海濤從後面抱住它連連解釋說老羅傑身體不好，不要和他一般見識，悟空才悻悻作罷。

而在老羅傑帶領前往警備控制室的路上，悟空依舊忿忿地私下對鄭海濤說道：「這自負的傢伙會把我們都害死的。」鄭海濤也不知該說什麼，勉強對悟空擠出一絲微笑算作回應。說話間，眾人已步入了倉庫區域，果然正如老羅傑所說，偌大的倉庫四壁一排排鐵籠高高壘起，裡面隔成分開的單元，足有三層之高。許多籠門大敞，裡面遺留著人類的衣服碎片，鞋子或其他物品，也有的籠子裡橫著一攤白骨，看樣子已經死去多年了。地面上一片狼藉，仿佛之前曾經歷過狼狽的潰退，一輛堆高機翻倒在地上，與遍地被砸爛的槍械和人類衣物混在一起。

「看樣子灰人已經放棄這裡很久了，從道西之戰以後這裡可能就再也沒有啟用過。」老羅傑仰著頭環視著這一切說。

「那灰人把這些年綁架的人質都關押在哪裡？」鄭海濤問道。不等老羅傑回應，一旁的悟空馬上搶過了話：「我以前在基地第二層的巴圖庫人地盤，也就是你們說的蜥蜴人那裡，看到過有一處很大的關押室，很多人類被源源不斷地送進去，那裡還有巴圖庫人看押。」

「果然不在這裡！」望著空空如也的鐵籠，鄭海濤自言自語地說。就在這個時候，遠方忽然傳來了一陣類似猛獸的嚎叫聲，悟空見狀立刻驚慌失措起來，它一把拉住鄭海濤的衣角焦急地催促道：「快！我們快離開這裡，巨龍獸要來了！」

「巨龍獸是什麼玩意兒？」看悟空一提起這個名字就如此驚慌，鄭海瑞也對其產生了濃厚的興趣。

「它也是貝蒂斯塔人流放到這裡的實驗品，這裡早就成為貝蒂斯塔人的垃圾站了，它們把不合格的實驗活體或實驗完成後的產物統統扔到這裡讓它們自生自滅，為了不讓這些試驗品在這兒建立新的生態系統，拉蒂斯塔人放了一條怪獸到這裡，專門殺死它見到的一切活物，我都被它追殺過好幾回了，我們快跑吧，再不走就真來不及了。」

「沒關係，我們有槍！」卡洛斯拍著胸脯說道，尼古拉斯也操控著包在他體外的機器人哈哈大笑補充道：「是呀，還有我這身裝備呢，什麼怪獸來我這，我這重金屬胳膊一扭也讓它沒命。」

正說著，那震人發聵的巨吼聲再次在上空回徹，這一回震得眾人耳膜直打顫。與此同時，倉庫靠進出口的那面牆突然像是被什麼東西砸塌了一樣斷石碎磚紛紛掉落下來，逼得眾人連連後退。

接著一段褐色的巨型軀體從倉庫出口一晃很快又不見了蹤影，儘管這一切發生的如此之快，還是被鄭海濤的目光捕捉到了，他大叫一聲：「快跑！」

話音還未落，倉庫出口旁的牆就轟然倒塌了，一條懸浮在空中，足有三尺寬、六七丈長的巨型大泥鰍從廢墟中鑽出，向眾人遊來，在場的所有人都沒見過這架勢，紛紛四下逃散，在逃跑途中鄭海濤回頭看了一眼，發現那體型與泥鰍相似的怪物長著蜥蜴腦袋，全身佈滿鱗片，拖著一條內有分節尾肌，又大又扁的尾巴，只此一眼它那猙獰的形象就深深地印在了鄭海濤腦海裡，讓他終身難以磨滅。眼下，這巨型褐色怪物扭動著凹長的軀體正從空中不緊不慢地驅趕著它的獵物。

不同於其它人，面對迎面衝來的巨型怪獸，尼古拉斯不但沒有逃跑，反而迎了上去。他本想借助這身重金屬機器人外殼與之一戰，但對方顯然沒把他放在眼裡，只輕輕一甩大扁尾巴就把尼古拉斯連人帶裝備抽到了角落裡。

很快，巨型怪獸追上了潰逃中的鄭海濤等人。為了躲避它，鄭海濤兄弟和卡洛斯只能拽著老羅傑擠進了倉庫牢籠與牆角的縫隙間。悟空這時以不知跑到哪裡去了。鄭海濤本想招呼跑在最後的王肅也鑽進來，不料此時王肅已被嚇得神情恍惚，只知道哇哇亂叫，不管不顧地向前跑，那巨型怪獸毫不費力就追了上來，叼住王肅的後頸，一仰頭把他拋到了空中，「救我呀……！」

在從空中向地面回落時王肅發出了淒慘的哀嚎聲。但話還沒落音，下面的怪獸就張著血盆大口直立起身子，在半空中攔腰咬住了他，直到這時求生的欲望仍舊促使著他在怪獸利齒中拼命掙扎，怪獸仰起脖子做了兩個吞咽動作很快就把王肅吞入了腹中。

這一幕讓鄭海濤等人不寒而慄。而那怪獸生吞了王肅卻還不滿足，它又將目光瞄向了縮在牢籠後的其他四個人身上。它滑動著身體晃晃悠悠地朝放置牢籠的位置遊來，見藏身之地已暴露，卡洛斯乾脆豁出去了，他端起衝鋒槍躲在鐵籠與牆身的夾縫裡，對著迎面來的巨型怪獸一通掃射，沒想到一梭子彈射出去也只是打下怪獸身上幾塊鱗片。但是怪獸卻被激怒了，它再次咆哮起來，將嘴湊到夾縫前試圖把裡面的人勾出來，當它發現這一切都是徒勞之後，便立起身子開始用腦袋撞擊起靠牆放的牢籠。在它猛烈的撞擊下，整齊排列的鐵籠被震得七零八落，擋在眾人前面的鐵籠也被連排拔起，逼著失去掩護的鄭海濤等人不得不架著老羅傑另覓他處，然而他們剛一出來就被怪獸發現了，它吐著分叉的舌頭，咆哮著攔住了鄭海濤等人的去路。

就在這個時候，遠處忽然傳來了一陣悠揚的笛聲，曲調中充滿了無限的哀思和憂愁，那怪物不知為何聽到笛聲竟停止了攻擊，猶如被施了定身術，隨著縹緲的音樂聲慢慢逼近，那巨型怪獸終於仰天長嘯一聲，擺動著尾巴，悻悻地游回了前方黑暗裡。

「我們得救了！」望著怪獸離去的背影，鄭海瑞長噓一口氣，一屁股癱到了地上，但隨後他又馬上跳了起來，因為在他們前方不遠處，一個全身膚色煞白，身高接近3米，上半身斜披著麻布袈裟的巨人正微笑地注視著他們。

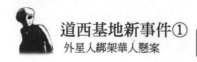

第七章

來自未來的先知

我從不想未來，它來得太快了。

——愛因斯坦

鄭海濤第一眼望向前方那高大白色人影時，他馬上認出了那是一個道西類人，當他把這巨人指引給老羅傑後，老羅傑竟高興地叫了起來：「卡文迪許！我的朋友，真高興又見到你了，30年了你一點也沒變化呀！」

鄭海瑞見狀連忙小聲朝他問道：「怎麼，你認識這外星人？」

「是呀，我們是老朋友了，以前在基地的時候他就是我最好的朋友！」

聽到老羅傑的呼喊，那被稱作卡文迪許的白色巨人也微微一笑，把手中類似長笛的樂器藏入寬袍，款款地向眾人走來。由於之前鄭海濤就從傑夫送的卷軸中瞭解到道西類人可以講英語，此刻他便鼓足勇氣迎上前對卡文迪許說：「謝謝你，朋友，感謝你在剛才危難的時候救了我們。」

聽了鄭海濤的致謝，對方停下腳步略俯下身，露出和祥的笑容說：「年輕的朋友，這個地方有什麼值得讓你時刻與死亡為伍？」

鄭海濤沒有吭聲，他似乎並不想回答這個問題，便很快轉移了話題。就剛剛發生的神奇一幕，興致勃勃地請教卡文迪許：「那麼兇殘的巨獸被你一根笛子就給趕走了，你是怎麼做到的？」

「朋友，你所看到的只是表像，那怪獸的兇殘只源於焦躁的內心得不到平靜，當初造物主在這裡創造它時為了今後克制它，刻意在它體內留下了一段不穩定的基因，我手中長簫吹出的音符就是密碼，恰恰可以重組它的那段基因，讓它變得平靜。」

說話間，卡文迪許注意到了不遠處的老羅傑，便馬上撇下鄭海濤快步走到他面前，一把握住老羅傑擋在肩上的手，指著裹在肩上的白色紗布問：「我的朋友，傷口是怎麼造成的？」

老羅傑抑制住想嗆咳的衝動，喘著粗氣費力地說道：「媽的，在從暗路進入基地的時候，被一種長著一對尖爪的長蟲給咬了，從那以後我就越來越虛弱。」

卡文迪許聽了沒有說話，卻開始動手一層層地解開老羅傑的紗布，「你幹什麼！」一旁的鄭海瑞見狀剛要阻止，卻被卡洛斯拉住了，這時悟空也不知從什麼地方鑽出來，蹦躂著回到大家身邊，好奇地探過頭去看卡文迪許要做什麼。

等所有紗布完全解開後，眾人大吃一驚，傷口非但沒有癒合的跡象反而大面積的潰爛了，紫色的腐肉和黃膿交織在一起佈滿整個創面，上面有的腐肉處似乎還在微微翹動著。卡文迪許輕輕一拍老羅傑肩膀往下的地方，瞬間好幾條類似蚯蚓一樣的白色小長蟲從腐肉下探出頭來接著很快又縮了回去。

「額，怎麼會這樣？」望著老羅傑的傷口，鄭海濤倒吸了一口冷氣。但眾人也是頭一回見到這種情況，誰也無法說出這是為什麼，都把目光集中在了卡文迪許身上。卡文迪許放下老羅傑的胳膊，環視了眾人一圈說道：

「咬羅傑的那個叫貝蒂斯塔沙蟲，它不是地球上的生物，是貝蒂斯塔人從其他星球上發現的生物，所以以貝蒂斯塔人命名。以前它們一直被關在第一層人類與外星人合作的實驗室裡，但在30多年前，你們的軍隊首次進入道西基地，第一層曾被短暫的攻陷，實驗室裡許多沒被打死的生物都逃了出來，它們很多都是可以作為生化武器的怪物，特別是沙蟲攻擊性極強，也繁殖的很快，它們的利齒上有毒，唾液裡攜帶著大量蟲卵，靠咬傷大型生物來繁殖後代。」

聽了卡文迪許的介紹眾人面面相覷，老羅傑更是不安地扭動著脖子嘆息道：「那我這次不是死定了？見鬼，想不到我會是這種死法。」

卡文迪許依舊是一副淡定的樣子，他輕輕地拍了拍老羅傑肩膀安慰道：「沒事的，我會救你，你們現在跟我去實驗室找血清，就在以前貝蒂斯塔人在這層設置的特殊區域那兒，當時人類撤走得很匆忙，星際聯軍收復後通過評估馬上放棄了這裡，實驗室除了交戰的時候有被破壞，應該保存的還算完好。」

卡文迪許說完便站起身自顧朝前方走去，眾人還在猶豫間，老羅傑費力地拽了拽鄭海濤的衣角說：「沒事的，他是我的朋友，你們可以信任他，現在也只有他才能救我了。」

在這種情形下，鄭海濤也沒有別的選擇，只好招呼大家收拾東西去追趕遠去的卡文迪許。但對於這個突然出現的道西類人，他的內心仍舊充滿了太多的疑惑，他可以用一支樂器驅走龐然巨獸，又對道西基地裡每一樣試驗室生物都瞭若指掌，這一切都讓這個道西類人在鄭海濤眼裡顯得更加神秘。而最讓他好奇的是關於這一族群的起源，竟在傑夫父親繪製的卷軸裡也找不到任何的記載。於是在好奇心的驅動下，鄭海濤三兩步追上卡文迪許與他並肩前行，並趁機問道：

「喂，朋友，我想說你的名字和地球人的名字很像，在美國或歐洲一些國家，也會有很多人叫卡文迪許。」

卡文迪許微微一笑，只顧走路沒做任何回答。

鄭海濤不死心又繼續說：「其實你的樣貌和我們也很像，只不過體型比我們高大魁梧，缺少一些毛髮而已。」

「那你知道這是為什麼嗎？」卡文迪許終於開口了，「你知道為什麼我們在這裡從不向你們或者任何人談論我們的過去嗎？」

鄭海濤搖搖頭聽卡文迪許繼續說：「因為我們一直都在過去徘徊，只為了躲避我們那個時代的未來。」

這一席話聽得鄭海濤越發懵然，他正要張口發問，卻被卡文迪許看穿心機似得馬上就道出了他想知道的事情。

「我們的過去就是你們即將面對的未來，其實我們就是你們，只不過我們不屬於這個時代，我們乘坐時光機從100年以後的世界而來。」

聽到這話，鄭海濤感覺自己猶如是在聽天方夜譚一般，但面前的這個道西類人比起基地中的其它外星人確實有太多不尋常的地方，他們會講英語，外貌接近人類，這一切都讓他不敢輕易妄下結論，為了驗證卡文迪許的話，鄭海濤又問：「聽以前羅傑說你不會透露太多關於你們的事情，為什麼現在又說出來了？」

「因為我們要走了。」卡文迪許淡淡地說：「100年以後的地球經歷了一場殘酷的核戰爭，全世界都被波及到了，全球倖存的人類大概不到一萬人，倖存者都發生了基因突變，我們的頭髮眉毛因為遭受輻射掉光了，但因為基因突變繁殖出的後代體型卻比正常人高大了許多，等人類繁衍幾代下來，外貌就都成了我這個樣子，而那個時候地球上到處都變成了切爾諾貝利，文明無法延續了，倖存的人類只好遷移到非洲，那裡是地球上最落後的一片土地，也是核污染相對較輕的地方，但那裡物資匱乏，核戰爭之後道西基地裡的蜥蜴人突然重返地面，它們似乎不懼怕戰爭遺留的輻射，很快就佔領了美洲和亞洲，在那個時代，人類又有了新的競爭者，可他們卻悲哀地發現自己已經沒有能力去抗擊敵人了，好在二〇九五年時光機被發明了，這個機器成為我們逃離死亡的船票，我們倖存的族人分乘時光機前往過去任何年代，在一個時代隱姓埋名，一旦被人懷疑便會再次踏上旅程，在過去的時代生活期間我們是絕不會和當時人談論這些事情的，但是現在我就要走了。」

「那你為什麼要選擇來這個時代？」

當被問到這個問題，卡文迪許臉上不經意間增添了幾分憂傷，他頓了頓說：「因為我們那個時代給人類最後一擊的就是道西基地，這麼多年來大家誰也不知道有這個地方，直到核爆後蜥蜴人突然出現在已經荒廢的新墨西哥州，它們憑藉數量和強大的體能殺戮為數不多的倖存人類，很快就佔領了全球六分之五的陸地，我們快要被它們趕到地下去了，所以我和一些族人旅行到一九四七年去見證道西基地是如何出現的，為了連續觀察這段歷史，我又去了一九七九年，目睹了道西之戰，我本想餘生就在道西基地裡度過，但現在黑暗即將來臨，我必須要離開了。」

正當卡文迪許用哀怨的語氣闡述這一切時，老羅傑不知什麼時候已被人扶到了他面前，他用略帶埋怨的口吻對卡文迪許指責道：「我都聽到了，我的朋友，你們為什麼不反抗？你們有時光機器，這就是你們的優勢，可以回到過去改變你口中的這段歷史，你們可以，但蜥蜴人卻不行！」

「不可以！正是因為過去的一個個歷史事件環環相扣交織在一起，才拼湊出現在這個有你有我的世界，如果你擅自改變了歷史發展中關鍵環節的一件小事，蝴蝶效益會把它所帶來的影響無限放大，足以影響到歷史進程中的一些人和事，輕則你可能會消失，那意味著你在這個世界上從來沒出現過，代替你的是一些原來世界裡從來沒有存在過的人，嚴重的話你想改變事件結局之前的這段歷史會改寫，但對你想改變的最終結果卻不會有任何影響，它仍舊會來臨，只不過換個方式而已，所以我的朋友，作為時光旅行者，我們只能去看，不能插手我們旅行時代遇見的任何事物。」

聽了卡文迪許對時光旅行的這番解釋，鄭海濤和老羅傑一時無語了，悟空這時卻蹦躂過來搶了話：「那你現在正要去找血清救這個老頭的行為是否是在插手歷史，因為他本來沒有遇到你是會死的，但你拿血清救了他。」

「不會的。」卡文迪許伸手摸了摸悟空的腦袋道：「我說過，歷史結果是註定的，羅傑也是一樣，他要是註定會死在道西基地，並不會因為我的血清就改變了命運，他還是會死，只是換了另一種方式而已。」

聽到這裡，老羅傑終於忍不住了，他不顧全身傷痛憤怒地指責卡文迪許：「所以你30多年前就知道灰人會殺光基地裡的所有工作人員對不對？你也知道我們這次的最終命運了對不對？但你所做的就是為你的袖手旁觀編了一套長篇大論的說詞而已。」

卡文迪許張了張嘴似乎想要反駁但卻忍住了，半晌他才幽幽地說道：「我們只是一群為躲避未來，不得不在過去東奔西跑，在夾縫裡求生存的人，你又能指望我們做什麼呢？寄人籬下的日子也不好受，當初貝蒂斯塔人是看上了我們擁有穿梭過去的技術才允許我們留在這裡，但因為族人不肯交出這項技術我們雙方的關係也惡化了，或許這次離開這裡後我會回到中世紀以前，在那裡與世無爭的過完餘生。」

話說到這個份上，老羅傑也不好意思再就此過多指責了，正好他們也來到了實驗室門口，卡文迪許掏出一張藍色磁卡對著門口閃爍紅燈的凹槽一刷，自動門升了上去，進去後眾人發現就像卡文迪許所說，實驗室並沒遭受太大的破壞，部分試劑器皿被丟到了地上，角落裡躺著兩具早已爛成骷髏的美軍特種部隊士兵，其他一切一如既往，卡文迪許讓大家扶著老羅傑平躺在地上，自己走進實驗室的小暗間，等出來時他的手裡拿著一管紫色的試劑。

「我的朋友。」他說道：「等我把血清注射進去你可能會很痛苦，但我這是在救你。」

老羅傑苦笑一聲無奈地回應道：「雖然就像你所說我可能不會活著走出道西基地，但我也不願是被蟲子爆肚皮這麼個死法，來吧，快替我注射吧。」

卡文迪許點點頭，從器械櫃裡拿出專用注射器，沖鄭海濤等人吩咐道：「你們按住他。」鄭海瑞、卡洛斯、尼古拉斯一人按上半身，兩人按腿，用這種方式將老羅傑控制住，待卡文迪許將血清注入其胳膊後，他突然瞪圓了凸起的眼珠嗷地一聲狂叫，一頭坐了起來，把壓著他的鄭海瑞重重摔在了地上，此刻的老羅傑看起來十分可怕，額頭和太陽穴兩側爆滿了青筋，披頭散髮，瞪著一雙充滿血絲的眼睛，大口大口地喘著粗氣。

「快抓牢他！」卡文迪許大叫起來，鄭海濤連忙上前和弟弟再次用力控制住了他，與此同時，隨著老羅傑的慘叫，他全身開始劇烈顫抖起來，跟著肩膀的傷口崩裂，一條條細長的蠕蟲幼蟲隨著腐肉和紫色的淤血紛紛從裡面掉了出來，在地上掙扎幾下後就死了。

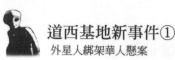

「有效了。」看著眼前這一幕，卡文迪許激動地說。而老羅傑則像剛經歷過一場大型手術，很快就虛弱地昏了過去。卡文迪許蹲下替他檢查了一番傷口，這才起身滿意地說道：「好了，血清起作用了，等他醒過來就會康復，我也該和你們告辭了。」

「你要回到中世紀嗎？」鄭海瑞說這話時有點明知故問，卡文迪許沒有回答他，他拿出一隻類似遙控器的裝置，一按上面的按鈕，一艘橢圓形的球狀飛行器突然憑空出現在了眾人面前，所有人都看愣了，鄭海濤走上前試著摸了那球狀物一下問：「你怎麼利用它做時光旅行？」

「用它在空間撕開一個裂口進入蟲洞，在通過蟲洞回到過去。」卡文迪許說著開啟了球狀飛行器的防護罩，又不知按了個什麼按鈕，飛行器瞬間啟動了，只見一道鐳射打到前方，黑洞入口隨著鐳射慢慢地越擴越大，「這就是蟲洞吧？」鄭海瑞驚呼起來，就在這個時候，實驗室的門突然被開啟了，從門外傳來了英語的質問聲：「什麼人在這裡！」鄭海濤循聲看去，竟是兩男一女穿白大褂的白人站在那裡，鄭海濤見此情景以為又遇到了倖存者，沒多想就向他們跑去同時叫道：「先生們，我有個朋友受傷了，你們知道這兒哪裡有休息的地方嗎？」

屋內的卡文迪許見狀馬上朝他大喊起來：「不要過去，基地裡所有不肯歸化的人類3年前就全部被處決了，這些人已不再是人類了！」聽到這話鄭海濤剛想轉身卻已經來不及了，他的肩膀被其中一白人死死地攥住，疼地他倒吸一口冷氣，「你們是怎麼進來的？」抓住鄭海濤的白人厲聲盤問道，鄭海濤沒有理會只是拼命掙扎，這時他的餘光看到那個白人大褂上別著的ＩＤ牌上面寫著「湯瑪斯．傑瑞」

「他們是歸化人！」一旁的悟空也大叫起來。

卡洛斯和尼古拉斯抄起槍同時瞄準了前方那幾個人，卻因為鄭海濤夾雜其中，一時不敢開槍生怕誤傷了自己人。而此刻鄭海濤掙扎地愈激烈，對方就抓得越緊，「不說就殺了他，再把其他人幹掉。」那女歸化人發話了，湯瑪斯．傑瑞見狀馬上用雙手箍住鄭海濤脖子，一把將他臨空提起。「不要」卡文迪許大喊一聲，從懷裡掏出一枚水晶球狀物體，不顧一切的衝向鄭海濤。在接近目標的一剎間，他將手中的東西擲了過去，只見一道白光閃起，所有人都被刺得睜不開眼睛，趁此機會鄭海濤用力掙脫了對方奪路而逃，待刺眼的光芒逐漸消去，卻見卡文迪許跪在地上疼苦地呻吟著，三個歸化人圍在他身邊，手持利刃正一刀刀地朝他身上亂捅。

「住手！你們這幫混蛋！」卡洛斯大吼一聲，端起槍朝著歸化人一陣掃射，那女歸化人身體當即被打成了篩子，倒在地上不停地抽搐著。另一歸化人也中了兩槍，他站起身搖晃了幾下，突然腦袋往後一仰，整個上半身都被撐開了，一個灰人強壯的軀體鑽了出來，它咆哮著邁動著下半身仍是人類的雙腳向卡洛斯衝去，但沒跑兩步就被卡洛斯一槍正中面門，它無力地哀嚎一聲栽倒在地上。僅存的湯瑪斯．傑瑞見狀，知道自己已不佔優勢，馬上跳起來就跑。在這過程中，他突然回頭揚著手中從鄭海濤身上撕下來的衣袖碎片朝他喊道：「你們跑不掉的！我不會放過你們！」說完，便消失在前方深邃的通道裡。

望著在視野裡消失的歸化人，鄭海濤轉身正想去查看一下卡文迪許的傷勢，卻見躺在地上的卡文迪許將一枚滴滴作響的圓球拋向了不遠處正在運行的時光機器，與此同時他吃力地叫了一聲：「小心，你們快點躲開。」趁著球狀物咕嚕進時光機器底下的時候，離的最近的鄭海瑞連忙抱起悟空快速滾到一邊。隨著轟地一聲巨響，時光機被炸地四分五裂，碎片到處迸濺，在空中張開的黑洞也慢慢地合上了。剛剛躲過一劫的鄭海瑞氣地從地上爬起來衝到卡文迪許面前大吼道：「你有病吧！剛才我們差點被你害死！」鄭海濤見狀，連忙上前推開了弟弟。

此時卡文迪許已是奄奄一息了，但手中還攥著一枚球狀炸彈，他望著自己全身潺潺湧出的鮮血，用最後一絲力氣對鄭海濤說道：「時光機……不能……落到這個時代人的手裡，剛才……真的很抱歉。」說著，他的頭一歪，慢慢閉上了眼睛，緊握炸彈的手也微微地打開了。

眾人圍著卡文迪許的遺體默哀著，沒有人說話但悲傷之情早已寫在了每個人臉上。

「他是一個英雄，他救過羅傑先生和我。」鄭海濤說，鄭海瑞接過哥哥的話補充道：「要不是因為他救了羅傑先生改變了即將發生的歷史他也不會死。」只有卡洛斯什麼也沒說，他默默地從行囊裡找出一塊白色方巾，先用兩枚四分之一美元硬幣遮住卡文迪許雙眼，再將方巾蓋在了他的臉上，「一路走好我的朋友。」他低聲悼念：「願擺渡人早日將你的靈魂帶到寧靜的彼岸。」

「我們就這麼把他撂這兒嗎？」鄭海瑞問。

「我們別無選擇。」鄭海濤說道：「王肅死的時候連屍首都沒落下，相比之下這也許算是個體面的葬禮了。等羅傑先生醒後先不要告訴他卡文迪許的事情，那可是他最好的一位朋友。尼古拉斯，你操控著這副機械外殼是否可以抱著羅傑先生走一段？」

「沒問題，可我們現在去哪兒？」尼古拉斯的這句話也正好提醒了鄭海濤，他剛要開口卻被悟空搶先說道：「當然是趕緊去通往基地第二層的升降梯口，我帶你們去，這裡已經越來越不安全了，沒看到剛才歸化人已經找上門了嗎？」

鄭海濤點點頭，「好！事不宜遲，那我們趕快出發吧。」

他話音未落，悟空就蹦蹦噠噠地向前跑去，每跑一段它就停下來原地等著大夥跟上，在它的帶領下，眾人貼著狹窄的過道魚貫而行，穿過一處過道兩旁都是實驗室的區域，在路過一個敞著門的門口時，鄭海濤被裡面展示的東西吸引住了，那是三個連成一排的大型實驗室器皿，每個裡面都安置著一具猿猴標本，這些猿猴體型都比悟空魁梧，樣貌也更接近人，但一個個生得兇神惡煞，有一隻背上還長出了一排鰭。眼前的這一切讓鄭海濤不由地產生了懷疑，「灰人為什麼要用猿猴做實驗品？難道這又是它們的一個陰謀，悟空本身是不是也是這個陰謀的一部分？」

為了驗證自己的想法，鄭海濤趕上了悟空與它並排走起，假裝不經意間與它閒聊起來。

「悟空，你是在實驗室出生的還是被從外界帶進來的？」

「我不知道，從我懂事的時候好像就待在實驗器皿裡。」悟空想了一下說，「我記得還有幾個我的同類和我關在一起，但它們後來都被陸續地帶走了，之後由人類和貝蒂斯塔人教我學習和說話。」

說到這兒，悟空忽然轉移了話題，它似乎很不喜歡談論自己的身世。「外面是一個什麼樣的世界？那一定比這裡精彩吧？你們在外面都做些什麼？」

「是的，外面的世界很精彩，但也遠遠要比這裡複雜。」悟空的一連串問題瞬間將鄭海濤的思緒拉回到了過去，他開始回憶自己這二三十年裡到底做了些什麼，「在外面的世界大家都很忙碌，人們為了不同的目的每天都在忙著編織一個個謊言去欺騙周圍的人，有些謊言是善意的，有些可能要糟糕些。」

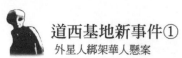

對於鄭海濤的回答，悟空顯然沒聽懂，「你們為什麼都喜歡騙人？」它問道。

「因為外面的世界多半是用謊言構建的，大家生活在那裡只能遵循它的模式。」

「那和我說說孫悟空吧，它是一個什麼樣的猴子？」

「它勇敢、果斷、富有正義感也很調皮，就像你一樣，它不把任何權貴放在眼裡，凡事只隨自己心性，但它很忠心，為了自己主人可以不顧一切。」

在與悟空暢談中，鄭海濤漸漸地開始把它當成朋友了，雖然它是一隻猴，但正因為如此，自己才會面對它肆無忌憚地無所不談，更用不著掩飾。

「那你和我說的那個孫悟空也是一個謊言嗎？」

「是的。」鄭海濤聳聳肩說：「雖然它是一個謊言，但大家都喜歡傳頌它。」

「原來人類喜歡謊言。」悟空若有所思地感觸道。

正在這時，老羅傑在尼古拉斯的機械手臂懷中逐漸甦醒過來，當他看到前面的路時突然大叫起來：「停下，這是要去哪裡？卡文迪許呢？」

鄭海瑞走到他身邊回答道：「卡文迪許有事先走了，我們馬上就要到通往基地第二層的升降電梯那裡了。」誰知老羅傑竟咆哮起來：「怎麼可以這樣！我們必須要馬上去關閉道西基地自動開啟的防禦模式。」

「老頑固！」悟空氣地跳著腳大罵：「第一層都荒廢成這樣了，你覺得還會有自動防禦模式存在嗎？」

「我覺得也是，事實明擺著外星人已經放棄這裡了，我們還是按原計劃行事吧。」在分析了雙方論點依據後，鄭海濤竟第一次站到了悟空這一邊。而老羅傑則氣得扛起一把狙擊步槍，掉頭一人朝相反的方向走去，臨末了轉身忿忿得撂下一句話，「你們的主意都那麼大，當初還叫我給你們做嚮導幹嘛，那我自己去！」看著他逐漸遠去的背影，鄭氏兄弟不由地面面相覷。

「哥，我們還是跟著去看看吧，他受了傷，讓他一個人去很危險。」

「也好。」鄭海濤無奈地點了點頭，帶著大夥朝老羅傑的方向追趕過去。

好在警備控制室就在他們所在區域的邊上，眾人順著地面上接連不斷閃著螢光的外星符號指示，很快就抵達了一處兩層建築旁。可不知為什麼，這裡的電力沒有恢復。在它大敞的門口兩側各安放著三個機器人，它們相對而立，外形猶如《星球大戰》裡的 R2 型號，但每個身上都落滿了灰塵，有的還掛著蜘蛛網，看樣子它們在這裡已經很久了。「就是這裡了！」老羅傑指著那棟建築興奮地叫道：「多令人懷念呀，當時我就在這裡上班，一層是我工作的地方。」

相比之下，鄭海濤的注意力卻集中到了那些機器人身上，「羅傑先生，這些機器人也是你們單位的財產嗎？」他問到。

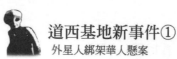

「而這時的老羅傑已經一腳踏進了門裡，他回過頭不耐煩地說：「我們單位沒有機器人，不知是誰後放到這兒的，別去管這些無聊的事情了，大家快跟上。」

眾人進到裡面，原來這是一個大型的監控室，屋子中央一排電腦呈半圓排列，正對的牆上掛著一面由若干個小螢幕組成的介面，但由於沒有電力全都黑著屏，在巨屏的下面有個控制台。老羅傑則在一旁不時地介紹起來：「我們以前就在這裡監控基地第一層，那些螢幕所對應的攝影機可以照到基地裡的任何角落。」

「那還有辦法讓它們重新運作起來嗎？」鄭海瑞問，跟著他的悟空則跳上控制台，這裡摸摸那裡碰碰地玩不亦樂乎。

「讓它們重新運作幹嘛？」老羅傑嘟囔了一句，便帶著鄭海濤等人直奔二樓，只留下鄭海瑞和悟空在下面，而悟空在鼓搗了一會兒這些設備後逐漸摸出了一些門道，它指著控制台下方一個方形的凹口說道：「以前我在這裡總是會見到這類控制裝置，它的這個口應該是裝應急電池的地方，放入電池後設備至少可以運行半個小時。」鄭海瑞一聽馬上一拍大腿，「那還等什麼？我們趕緊去找電池吧。」

與此同時，當老羅傑與眾人來到二樓的警備室後，發現裡面所有的設備均已被破壞掉了，角落裡的設備邊上坐著兩具灰人乾屍，被射殺時仍舊保持著工作姿勢。「這裡可不像是能運行基地防禦模式的地方呀。」看著這一切，鄭海濤忍不住調侃了一句，老羅傑回過頭狠狠地瞪了他一樣，卻仍不忘為自己辯解：「無論如何我們都不能低估道西基地的自動防禦復仇程式，所以必須要來這裡查看一下，現在這種情況不是挺好的嘛。」

正說著，一樓忽然傳來了一陣滴滴的尖銳響聲，接著又是嗚的一聲巨響，引得老羅傑等人爭相跑到樓梯口向下望去，原來是鄭海瑞和悟空將找到的長條應急電池推進了控制台的凹口裡。瞬間，控制台上的一排紅色按鈕就亮了起來，伴隨著銳耳的啟動聲屋裡所有的設備又都恢復了工作，牆上的巨屏處一塊塊螢幕也先後顯出了畫面，「見鬼，你們在幹什麼！」老羅傑揮舞著拳頭扶著欄杆朝下面大喊。

鄭海瑞則得意洋洋地說道：「這不是挺好的嗎？我們在這裡，第一層所有的一切都在我們的掌控中。」正說著，鄭海瑞的目光慢慢地集中到了螢幕上，他臉上得意的表情也很快消失了，「你們快來看……」他用顫抖的語調呼喚著眾人：「情況有些不妙呀！」

聽他這麼一說，大夥也圍了上來，只見監控大屏的很多畫面上都出現了各種叫不上名的外星人身影，它們都是成群結隊地在一個飛在空中的球體指引下，快速向同一個方向移動。看到這裡，老羅傑不禁叫了起來：「不好！它們是朝著我們來的，大家快離開這裡，到通往下一層的升降電梯那兒！」

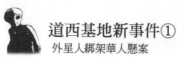

「我們還是順原路返回吧，這樣還安全些。」卡洛斯說。

老羅傑苦笑一聲，指著介面上一塊到處都是外星人身影的小螢幕對他說道：「如果沒有這些玩意兒，我肯定會把這作為第一選擇。」那塊小螢幕監控的地方正是當初他們進入基地的隧道出口。

此時留給眾人的時間已經明顯不多了，但每個人心中都有一個信念，就是快點在外星人截獲他們之前乘坐升降梯離開這裡。可就在眾人跑出屋子的那一剎間，門口相對而立的兩排機器人突然被啟動了，它們在地上滑動、轉動球形腦袋四下張望，似乎是在搜索目標。突然，一個機器人身上伸出了一支槍管，對著首先跑出來的老羅傑和鄭海濤就是一通掃射，「危險！」老羅傑喊完就勢將鄭海濤撲倒，那些子彈幾乎是貼著頭皮從他們腦袋頂上呼嘯而過。很快，其他的機器人也一邊向他們開火一邊朝門口聚了過來。儘管尼古拉斯和卡洛斯開啟最大的火力還擊，但似乎並不能有效地擊退它們。這時尼古拉斯大叫一聲：「掩護我！」跟著便貓腰朝停在不遠處的機械人外殼跑去，卡洛斯和老羅傑馬上就反應了過來，他們端起槍拼命向那六個來回亂轉的機器人射擊，以便為尼古拉斯爭取時間，可是對方的火力似乎還要更猛烈，很快就打得老羅傑二人抬不起頭來，也讓卡洛斯的肩膀中了一槍。

「可惡！我們出不去了，再拖一會兒那些異形就來了。」鄭海瑞縮在屋子裡絕望地叫道，很快屋外響起一陣沉重腳步聲又燃起了他的希望。

「尼古拉斯！加油，幹掉它們！」屋子裡的人們一起歡呼起來。

此刻尼古拉斯又重新披上了機械戰甲，他揮舞著那雙有力的機械手臂，狠狠地朝一個向他衝來的機器人砸去。隨著匡噹一聲悶響，機器人的腦袋當場被砸爛了，猶如一堆廢鐵癱在了那裡，其它五個機器人見狀，都四面八方向尼古拉斯圍了過去。趁此機會，老羅傑、鄭海濤等人都從屋子裡跑了出來，「尼古拉斯，不要戀戰，我們沒有多少時間了！」鄭海濤一面跑一面回頭朝正在鏖戰的尼古拉斯叫道。

但這時已不是尼古拉斯可以做主了，載重一身沉重裝備的他被五個機器人團團圍住，一場機器人與機器人的對決開始了，相比之下那些小個機器人都靈活自如，它們在他面前快速地移動著，同時將一梭梭子彈打到尼古拉斯的外殼上。雖然這身裝備是鋼鐵外殼，可卻不是按防彈衣設計的。很快，尼古拉斯腹部便中彈了，鮮血如泉湧一樣從他下腹淌了下來，「可惡！」尼古拉斯痛苦地叫了一聲，一條腿跪在了地上，那些機器人馬上一擁而上，它們的機械鉗在這時都換成了尖刀利刃，衝上來朝著尼古拉斯身上沒有被鋼鐵包住的地方亂捅。儘管尼古拉斯身中十幾刀，但他還是在慘叫聲中用盡最後一絲力氣將一個機器人腦袋從身上托了下來，才從容得倒了下去。

這一幕被跑在最後的鄭海濤回頭看到了，「見鬼！我們損失了尼古拉斯。」他叫道，但大家都忙著逃命沒有人去注意這些，那四個機器人殺死了尼古拉斯卻沒打算罷手，又向著鄭海濤他們追去。在老羅傑的帶領下，四人帶著悟空一路狂奔，很快就跑到了通向基地下方的升降電梯那裡。鄭海濤掏出卡文迪許的藍色磁卡往牆上刷卡器上一刷，升降電梯包廂的鐵門便打開了，所有人都爭先往上擠，彷佛晚了就上不去了一樣。而在他們身後，那四個機器人越逼越近，它們射出的子彈都打在了電梯鐵門上，卡洛斯見狀急忙端起槍還擊，鄭海濤也手忙腳亂地在電梯內尋找關門按鈕，但很多按鈕下面標注的都是外星文，他一個也看不懂，這時悟空躥上鄭海濤的肩膀伸手按下其中一個按鈕，電梯門隨即緩緩合攏，將那些機器人徹底被擋在了外面。直到這時鄭海濤才徹底鬆了一口氣，跟著身子一軟癱在地上，他已經沒有精力再去計畫下一步了，隨著電梯轟隆隆的下降聲，疲憊的他慢慢合上了眼睛。

第八章

第二層　蜥蜴人的進攻

在美國，有人宣稱見到了「蜥蜴人」。它的身高達2米，全身長滿綠色斑點，每隻手僅有3根手指，尾巴的末端像針筒。它們能夠直立行走，力氣很大，能輕易掀翻汽車，跑起來比汽車還快，每小時可達6萬5千米。

一條延綿向黑暗的隧道望不到盡頭，胡潔就站在那裡，卻始終背對著自己，鄭海濤想去摸她，可每次手剛伸過去人就不見了，一會兒又出現在距離十幾米遠的地方，鄭海濤連試了幾次都沒能成功，這時他看到女友雙腳離地飄到了半空中，「小潔不要呀！你快點回來，前面危險。」

他不由地失聲叫了起來，但胡潔仍舊只把背影留給他，義無反顧地向著黑暗飄走了。

「不要離開我！」鄭海濤一著急，暫態醒了過來。

此刻電梯仍在快速下降，一旁的老羅傑和鄭海瑞卻不知因為什麼吵了起來。

「無論如何我們也不能半途而廢呀！」

「現在已經不是討論是否半途而廢的問題了！我們進入基地的時候是七個人，現在剛過了第一層就只剩下四個了，我們已經死傷過半，如果再不趕緊撤出的話大家都會死在這裡！」老羅傑扯著爆起青筋的脖子大聲咆哮著，口水幾乎濺了鄭海瑞一臉。

卡洛斯則和悟空坐在地上，冷眼旁觀著他們的爭吵。當聽到老羅傑說還剩下四個時，悟空不高興了，它齜起牙朝老羅傑哈了一口氣叫道：「怎麼會還剩下四個？那我算什麼呀？」

望著眼前這一幕，鄭海濤突然覺得是時候該終止了，他站起身緩緩地說道：「羅傑先生說得對，我們這次先回去吧，趁著我們現在還有能力出去。」鄭海瑞一聽，不禁好奇地問道：

「怎麼，哥，不是要去救嫂子嗎？你放棄了？」

鄭海濤苦笑一聲，上前拍了拍弟弟的肩膀說：「我們現在連自己都快救不了了，我剛才也一直在想，用七個人的命去找一個人是不是有點太自私了，或許之前王肅是對的，所以我不想讓我的衝動害死大家。」

聽完鄭海濤這番話，老羅傑也有點不好意思，他乾咳一聲，有些局促地說道：「我不是那個意思，既然都到這裡了，人也是要找的。之前第一層就是關押人類的地方，現在那裡已經荒廢了，那猴子不是說所有被綁架的人類都被轉押到了第二層嗎？那我們就去那裡碰碰運氣吧，如果還找不到的話我們就先撤出來，灰人在這一層為蜥蜴人安建了一個反重力垃圾輸送通道，我們借助它就可以回到來時我們經過的山洞裡。」

說著，老羅傑從行囊中翻出一捆刺刀，給每人都分了一把，「給我這個幹什麼？」鄭海瑞拿到刺刀後不解地問道，老羅傑往槍上組裝著刺刀，頭也不抬地說：「道西基地第二層是蜥蜴人的地盤，它們通常群居生活，我們進去後如果碰上它們，記住不到萬不得已不要開槍，槍聲會吸引更多蜥蜴人過來，一定要打就速戰速決，可惜那一層的地形我不熟悉，蜥蜴人從不讓人類以訪問者的身份踏入它們那裡。」

見老羅傑也有搞不定的時候，悟空得意了起來，它拍著胸脯向在場的每一個人保證：「沒有關係，我以前去過那一層，我帶你們去關押人類的地方、還有你們說的那個什麼反重力垃圾通道。不過我可不想鑽進去，到時候你們就跟著我走好了。」

「必要的時候你還要給我們做翻譯。」鄭海濤補充道。

「沒有這個必要了！」老羅傑裝好刺刀，一拉槍栓說：「這些蜥蜴人對人類可是極度的不友好，它們把我們看作食物，你見過人類什麼時候和準備宰殺的家畜溝通過？」

說話間，之前悟空按下的那個附有外星文的按鈕突然開始閃耀起來，電梯內也隨即響起了一段低沉沙啞的聲調，「那是蜥蜴人的語言！」悟空驚呼起來，「這段廣播說的是什麼？」鄭海濤迫不及待地問道。

「說的是電梯馬上就要抵達基地第二層了，請來訪者自動將ＩＤ放在電梯右下方角落的身份識別系統上面，不然將會被視為非法入侵遭到逮捕。」

「按它們說的做！」老羅傑說著將卡文迪許的藍色磁卡遞給了離ＩＤ識別系統最近的鄭海濤。鄭海濤走到跟前，看到一塊立著的螢幕，上面滾動著一行蝌蚪狀似的外星文字，螢幕中央有一個閃耀著白光的長方形。悟空也湊了過來，它指著螢幕上的長方形區域催促道：「快把ＩＤ卡貼上去。」

鄭海濤剛把藍色磁卡放上，那塊螢幕就彈射出一束光線，在空中繪出了卡文迪許的立體臉譜，在原地全方位旋轉了360度後就消失了。隨即螢幕上滾動出一行外星文，悟空伸著腦袋看了一下歡呼起來：「成功了！審核通過。」

與此同時，隨著眾人腳下哐地一聲抖動，電梯的兩扇鐵門緩緩打開。老羅傑連忙和卡洛斯舉槍瞄向外面，但他們想像中一群蜥蜴人迎候在那裡的情景並沒有出現，面對他們的是一條望不到盡頭的空曠長廊，兩邊的牆身猶如一排巨大的肋骨向外舒張，在它上面每隔一段距離都會投射出一段蝌蚪文狀的外星文字在空中漂浮，他們腳下的地面猶如一面巨大的螢幕，不停地變化著草地，火山岩石，沙灘等各式場景。上層的燈光把整個基地照的亮如白晝，這反而讓眾人感到越發的不安。

「怎麼一個人都沒有？」望著空蕩蕩的長廊，鄭海瑞壓低聲音小聲嘀咕著。悟空撥開人群，昂胸走到前面，滿不在乎地說：「沒被發現還不好呀？估計這會兒蜥蜴人都已經休息了，我們正好先去關押室那裡！」說到這兒，它正要動身卻被卡洛斯叫住了：「猴子，接著這個！」跟著一把ＡＫ４７被扔到了悟空懷裡。

「如果遇到那些蜥蜴，你一定不要手下留情，待會兒我會教你如何使用它。」悟空點點頭，直接把它掛到了身上。

就這樣，在悟空帶領下，一行人端著槍小跑前進，他們連過兩個拐角也沒碰上一個蜥蜴人，見此情形鄭海濤不由地放下心來，「看來它們可能真的在睡覺。」想到這兒，他自己也忍不住打了個哈欠，自從進入道西基地到現在，誰也說不清究竟已過了多長時間，這中間大夥只睡過一覺，但是接踵而來的突發事件卻刺激著每個人。鄭海濤掏出手機想確認一下時間，一按鍵才發現手機早已沒電自動關機了。這時，跑在前頭的弟弟忽然指著前方小聲叫起來：「你們看那是什麼？」

大夥順著他手指的方向望去，只見一隻栩栩如生的巨大恐龍雕像立在前方長廊十字交叉口處，它高舉一雙利爪，張著血盆大口，仿佛時刻準備吞噬過往的每一個行人。「誰立這雕像的呀！好恐怖。」望著眼前這栩栩如生的龐然大物，鄭海瑞感嘆起來。「這是蜥蜴人的祖先！」悟空胸有成竹地說：「它們和我們一樣，也熱衷於聖物崇拜，畢竟蜥蜴人的文明比人類出現的早，但後來由於氣候或某種自然原因，地球變得不適合生存了，它們被來訪的外星人接離地球，帶到外星球繼續繁衍生息，現在它們又回來了。」

「你這小猴子，哪兒聽說這些亂七八糟的東西。」聽了悟空的一番介紹，卡洛斯上前摸了摸悟空腦袋，嬉皮笑臉地說。悟空很厭惡地把頭一偏，朝尼古拉斯哈了一口氣道：

「我編造這些騙你有意義嗎？這都是巴圖人的歷史，我以前在實驗室的時候，有一個巴圖人總是會來看我們，這些都是它告訴我的。蜥蜴人只是你們給它們起的綽號而已，同樣它們也給你們起了一個名字叫肉豬！」

「一聽就和食物有聯繫，可我們哪裡像豬？」被悟空一番話搞了個沒趣，卡洛斯禁不住嘟囔了一句。正在這時候前方忽然閃出一隊蜥蜴人，它們長相與那個雕像長相十分相近，每人都頭頂著一個桶狀物、在領頭的帶領下姍姍前行，這讓鄭海濤不由聯想起非洲婦女攜帶物品出行的樣子。

「快躲起來！」老羅傑壓低聲音招呼所有人藏到牆角後面，好在那些蜥蜴人並沒發現鄭海濤等人，它們很快就走遠了。望著蜥蜴人的背影，鄭海濤突然對它們的去向產生了濃厚興趣，「羅傑先生，你們在這裡等我一小會兒，我和悟空跟著它們去看看，也許還能有些發現。」

「你這是在找事！」老羅傑不滿地瞪了鄭海濤一眼，但他也知道自己阻止不了這個好奇的年輕人，於是回頭朝卡洛斯說道：「你跟著鄭一起去吧，記得要保護好他，我們在這裡只能等你們十分鐘。」

就這樣，鄭海濤與悟空和卡洛斯貼牆前行，很快又在一個拐彎的地方看到了那隊蜥蜴人，它們正排著整齊的隊形逐次進入角落裡的一個房間，出來時頭上空空，看著它們心滿意足離去的樣子，鄭海濤湊到卡洛斯耳邊低語道：「我看那間屋子一定有蹊蹺，我們去看一下，最好能進去。」

卡洛斯似乎有些糾結，他遲疑了一下，極不情願地向鄭海濤再度確認：「你確定要這樣嗎？那間屋子可能什麼都沒有。」

但鄭海濤去意已決，他朝悟空使個眼色，趁著兩旁沒人一起向蜥蜴人剛進入的那扇門跑去，「見鬼！等等我。」無奈之下，卡洛斯也只好追了上去。

到了那裡，讓鄭海濤驚喜的是那扇門竟然沒上鎖，他剛到跟前，門便一分為二上下裂開了，一旁的悟空看到鄭海濤有些不敢相信的樣子，淡淡地說：「蜥蜴人的社會其實要比你們簡單很多，它們從來沒有偷竊的概念，只會搶掠，而且自己人之間從不互相防範。」

「那其實也是人類自古所追求的，我們這叫路不拾遺。」說著，一行人進入屋內，卻發現這裡極為寒冷，牆周四面都凍著霜，如同一個冰庫，在它的四個角落裡堆滿了之前蜥蜴人頭頂上的桶狀物，兩邊的牆身各有一排長凹槽，裡面塞滿了已被做成標本的人類頭顱，這些腦袋一個挨一個放著，都睜著眼睛注視著門口方向，讓鄭海濤頃刻間有些不寒而慄，一股寒氣也順著脊椎骨竄到腦後。正當他的目光想避開這些令自己不舒服的景物時，卻突然從那些人頭裡看到了一張彷彿相識的面孔，為了驗證自己的判斷，鄭海濤強忍著恐懼一步步蹭到了牆身凹槽裡處，「林珊珊！」鄭海濤忍不住叫了出來，跟著他又在林珊珊頭顱隔了幾個的地方，發現了同樣也被製成標本的李燕霜首級。

「怎麼？你認識她們？」聽到鄭海濤的叫聲，卡洛斯端著槍也跑了過來。

「她們是和我女友一起失蹤的的同事，想不到卻被這些變態砍下腦袋擺在了這裡。」鄭海濤說著開始順著長凹槽逐個查看裡面擺放的每一個腦袋，他的心情極為忐忑，他害怕在這裡看到胡潔，也希望能夠最終確認女友的下落也好給自己一個交代。

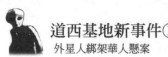

趁著這功夫，卡洛斯也踱著步巡視起角落裡擺放的那些桶狀物，他剛一走近就被那堆東西散發出的惡臭薰地接連後退兩步。待他用毛巾捂住鼻子再次上前時，才發現那是一些兩頭窄、中間寬的金屬桶，它的上半身是透明的，裡面盛滿了人類軀體碎塊和器官腺體，每一個桶裡都有一個精緻的高科技攪拌設備在運轉，通過不停地攪拌來凝固裡面的鮮血。看到這些東西，連早已不在乎了血腥場面的卡洛斯都有些受不了了，他強忍著不讓自己吐出來跑到了門口。「天吶，這些變態的蜥蜴怪物！」他心有餘悸地咒罵起來，跟著他回頭小聲地朝正在專心致志在人頭裡搜索女友的鄭海濤叫道：「你快點搞定要做的事情，我們沒多少時間了，不能在這裡停留太久！」而鄭海濤這時已經大致看過了一遍，並沒有在裡面看到胡潔人頭，這才在卡洛斯的不停催促下悻悻離開了冰庫。

與老羅傑鄭海瑞匯合後，眾人在悟空的帶領下繼續前進。一路上，鄭海濤將在冰庫的所見所聞講給了其他人，老羅傑皺著眉聽完這一切後，搖著頭說：「也許就像卡文迪許所說，在未來給人類生存最後一擊的就是這些蜥蜴人。我們不能束手待斃了，回去後我要去找雷德蒙想想辦法。」

「雷德蒙？他不就是一個ＣＩＡ退休特工嗎？找他有什麼用？」鄭海瑞不明就裡地問道。

「雷德蒙在布希政府時期被任命負責監控管理道西基地，他在基地眾多外星人裡有很深的人脈。雖然灰人殺光了裡面所有人類科學家，但仍有許多外星移民願意作為線民為他服務，這些年隨著道西基地的擴建，雷德蒙應該不會無動於衷的，有傳聞說他已針對拉蒂斯塔人的野心制訂了一個對道西基地的最終打擊方案。」

「呵，那他可藏得夠深的呀。」聽完老羅傑對雷德蒙的介紹，鄭海濤由衷地感嘆起來。這時，悟空突然停止了前進，它指著一個拐角後面對眾人說道：「那後面就是巴圖人替貝蒂斯塔人看守人類的地方了，門口常年有衛兵把守，你們是進不去的。」

卡洛斯冷笑一聲，從兜裡掏出消聲器三兩下擰到槍口上灑脫地說道：「那就把它們幹掉再進去！」

悟空聽了連連搖頭：「別，一打起來就暴露了，還是讓我去引開它們吧。」說完也不等眾人反應過來，它就竄了出去，直接奔向看守關押人類倉庫的蜥蜴人。

「這個笨蛋！」老羅傑低聲罵道：「卡洛斯，一會兒要是情況不對，你就和我衝上去。鄭，你和你弟弟要緊跟我們，說實話我並不指望你們能在戰鬥中給我幫上什麼忙。」

而此刻悟空已大搖大擺地來到了倉庫的守衛面前，那兩個蜥蜴人雙手握著一根外表像是手杖的武器，正坐在像是張開貝殼的椅子上打著盹。為了吸引它們的注意力，悟空故意吱吱地大叫起來，蜥蜴人只是抬起眼皮看了它一眼，就將目光移向了別處，似乎沒把它當一回事。

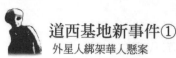

悟空急了，像之前對付老羅傑那樣直接騎到一個蜥蜴人的脖子上，朝它腦袋打幾下跳下來就跑，誰知卻被擁有瞬間爆發力的蜥蜴人兩步追上，一腳就給踏到了地上。

「混蛋，放開它！」卡洛斯大叫一聲，從牆拐角後面一躍而出，朝著腳踏悟空的蜥蜴人背後就是一梭子彈打過去，那蜥蜴人「嘎」得慘叫一聲，一頭栽在了地上。另一蜥蜴人慌忙將手中的手杖頭對準了卡洛斯，「危險！」悟空見狀，大叫一聲撲過去，整個身子撞到了對方的胳膊肘上，那蜥蜴人手一偏，一股藍色電流從手杖頭處射了出來，全部打在了距卡洛斯不遠的牆上。趁此機會，卡洛斯端槍又是一個連射，把另一個蜥蜴人也放倒了。雖然槍口裝了消聲器，但老羅傑仍擔心這番動靜會招來它們更多同伴，「鄭，你和你弟弟趕緊進去找人，我們在門口把風，進去後不要待太久就五分鐘，五分鐘後無論有沒有找到我們都必須離開這裡，明白了嗎？」

鄭海濤點點頭，提著槍和弟弟走進了蜥蜴人把守的庫房，老羅傑和卡洛斯則忙著處理倒在門口的蜥蜴人屍體。由於蜥蜴人的個頭都在兩米以上，兩個人合力抬一具都顯得十分困難。

進到庫房裡，鄭海濤環視四周才發現原來這裡的佈局和基地荒廢的第一層倉庫竟一模一樣，唯一不同的是這裡一排排鐵籠裡都關滿了人，讓鄭氏兄弟感到蹊蹺的是，籠子裡的人都十分安靜，就算看到有人進來他們也不喊不叫，全都縮在那裡如同一具具失去靈魂的軀殼。

庫房裡光線不是很好，為了看的更清楚些，鄭海濤刻意湊到籠子跟前，這裡的人類就如同寵物市場裡那些待價而沽的貓狗，不分男女三兩個被關在一個籠子裡，各式膚色的人都有，以婦女小孩居多。每個人的脖子上都套著一個黑色項圈，上面閃著一排紅色亮點。他們大多數似乎已經喪失了表達能力，只會瞪著一雙眼睛透過鐵籠間隙麻木地望著外面，對鄭海濤他們的到來也沒有任何反應，但此時鄭海濤一門心思只想找人也顧不上許多，他讓弟弟挨籠子從左往右看，自己則從反方向找起。正當他一路上下張望尋覓的時候，旁邊的籠子裡忽然傳來一個女人用英語發出的微弱聲音：「先生，請幫幫……我……」

鄭海濤一怔，馬上站住腳順聲音尋去，看到第二排的一處鐵籠裡有一隻伸出來的胳膊，正在空中無力地抓撓著。他趕緊走了過去，發現籠子裡坐著一個蓬頭垢面的白人女孩，歲數大約在20左右，衣服早已破爛身上到處是淤青，相比其他人，她的神智還算清醒一些，但不知道何故她的表達能力似乎正在逐漸減退。看鄭海濤來到跟前，她從籠子間隙遞出一張快要揉爛的快遞單，費力地說道：「請您……出去……後按這上面的地址……找我姑媽，告訴她……我被綁架了，那些白色的怪人……給我注射了一種藥物，我……快要說不出話……來……來了。」

鄭海濤見狀連忙接過那張皺巴巴的快遞單追問道：「你叫什麼呀？」

「露絲。」女孩說。

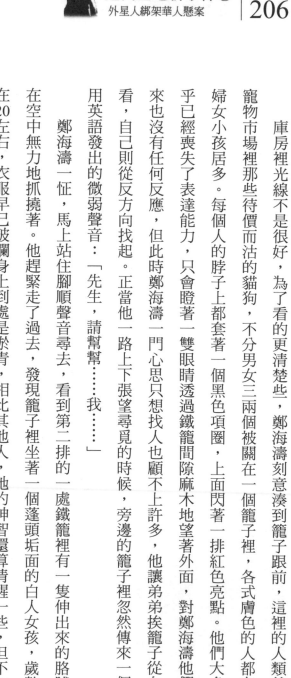

這時，鄭海瑞已從另一端來到了自己跟前，「哥，我一圈都找遍了，裡面沒有嫂子呀！」鄭海濤張了張嘴，剛要說話，門口卻再次響起了槍聲，接著悟空跌跌撞撞地跑了進來，「快點走！」它一進來就大聲嚷嚷起來：「我們被發現了，蜥蜴人包圍了我們！」

鄭海濤不敢耽誤，急忙和弟弟跑出門口。外面老羅傑和卡洛斯已經和聞訊而來的蜥蜴人交起火來，看架勢蜥蜴人來的並不多，它們在庫房正前方時隱時現，用手臂上套著筒狀的鐳射武器向老羅傑他們開火。「快離開這裡！晚了就走不了了，再過一會兒它們還會來更多人！讓猴子帶你們先走，我在這裡斷後！」此時，老羅傑一邊依託著鐵門朝蜥蜴人還擊，一邊朝剛跑出來的鄭海濤他們大叫著。

「那就拜託了，我們走！」悟空說著，挎起ＡＫ４７衝鋒槍，貓著腰朝前方跑去。鄭海瑞和卡洛斯連忙緊隨其後。鄭海濤跑了幾步因為不放心留老羅傑一個人，他又折回來朝正在拼命射擊的老羅傑叫道：「還是一起走吧！」老羅傑回頭看了他一眼正要開口說什麼，一道鐳射卻突然擊中了他，瞬間老羅傑就被分解成了粒子狀，除了地上一灘血水什麼也沒剩下。

「不——！」見此情形鄭海濤發瘋似地狂叫起來，端起槍就要和蜥蜴人拼命，卻被聞訊跑回來的卡洛斯一把拉住。

「振作點！羅傑已經沒了，你不想成為下一個吧？」卡洛斯說著，從地上拎起老羅傑的行囊拽到鄭海濤懷裡，「你先走，我掩護你！」

此時對面已有五六個蜥蜴人從不同方向朝他們包抄來，鄭海濤不敢耽擱，他抱起行囊一路狂奔向悟空鄭海瑞他們追去，但跑到前方Y字型長廊路口時他卻徹底得跟丟了。身後，蜥蜴人的怪叫聲越來越近，情急之下他來不及多想，便推開長廊裡的一扇門躲了進去。

進到裡面鄭海濤才發現原來這是一處類似觀察室的地方，無數個單獨隔間全部用透明玻璃製成，上面附有電子屏檢測器，不斷得記錄著裡面生物體能的各項指標變化，以便讓可以隨時觀察裡邊的情況。那些隔離間裡關的竟全都是猿，它們有的坐在桌前玩著簡單的積木，有的則頭戴一個奇怪頭盔，原地左躲右閃似乎正在接受某種測試。不同於悟空，這些猿已具備了很多的人類特徵，長相介於猿人與人之間，卻又不完全像，一雙凸鼓的大眼泡裡透出的深邃眼神更像是外星人的混血。見有外人闖進來，它們全都亢奮起來，拍打著玻璃，喉嚨裡發出瘆人的尖叫聲。

眼看場面就要失控，鄭海濤徹底得慌了，他想轉身跑出去但長廊裡腳步聲正越來越近，就在他為此抓狂的時候，外面卻突然安靜了下來，剛開始鄭海濤還有些不敢相信，他把耳朵貼到門板上想再次確認，就在這時門卻自己開了，一個披著黃色甲殼，長著六隻爪的甲蟲外星人走了進來。

它只有60公分高，長著圓錐臉，凸起的鼻部塞滿了黃色絨毛，兩側各延出一條肉鬚，兩個又圓又黑的大眼珠與鼻子緊湊在一起，構成了它的樣貌。它用兩條粗壯的後腿支立著整個身體，第一排前爪要比第二排顯得粗些，猶如鐮刀一樣上面還附著倒刺。看到對方長相，鄭海濤不由地想起了他小時候最喜歡抓的甲蟲。那甲蟲狀的外星人注視了他一會兒，兩隻前爪從身後像變魔術一樣拿出一個氧氣罩似的儀器把它扣到了自己鼻部。鄭海濤正想趁機逃走，那甲蟲樣外星人竟然用英語叫住了他：「你是雷德蒙的朋友嗎？不要怕，追你的巴圖人已經被我支走了，我是來幫助你的。」它的聲音聽上去低沉又沙啞，鄭海濤廢了半天勁才聽懂它說的是什麼，但對於它說的這些，鄭海濤仍舊半信半疑。

「你怎麼認識雷德蒙的？你是誰？」他壯著膽子問道。

「你可以叫我們爬蟲人，我們和這層被你們稱為蜥蜴人的巴圖人一樣，都是從地球上的原始物種進化而來。我們曾一度主宰地球，建立過簡單的部族社會，但在2.5億年前地球遭遇了第三次大滅絕，救世主乘飛碟來到這裡，接走了它們認為有必要延續的部分生物，我們的祖先就位列其中，我們被送到了太陽系以外的紅矮星系，在那裡繼續繁衍，我們族人多數靠給其它星系殖民者幫傭為生，按地球上的演算法，直到200年前我們才追隨巴蒂斯塔人重回到了地球。」

鄭海濤像聽故事一樣聽完了爬蟲人的介紹，心中的疑惑卻反而加深了。

「你為什麼要幫我？你們不是隨灰人來到這裡的嗎？幫助人類對你有什麼好處？」

「是雷德蒙讓我來找你們的，我們替他工作，他代表政府答應我們只要為美國提供基地裡的情報，人類就會幫我們擺脫巴蒂斯塔人的奴役，以後美國政府還會劃一塊地方幫我們建國。」說到這裡，爬蟲人的語調似乎變得有些激動，它已完全沉浸在了這美好的願景裡。

「聽上去很誘人，祝你們早日贏得獨立。」鄭海濤聳聳肩說，但不知為什麼，他內心總覺得雷德蒙給爬蟲人許下的承諾一萬個不靠譜。

但眼前的爬蟲人似乎沒有鄭海濤想的那麼多，它指著旁邊玻璃隔離間裡那些吱哇亂叫的怪猿對鄭海濤說：「你回去一定要告訴雷德蒙，巴蒂斯塔人的計畫是向地面投射一種可以快速滅絕人類的病毒，它們已經正式準備好在滅絕人類後將這些混血物種作為替代品投放到地表上，以便把外面環境改造成拉蒂斯塔適應的樣子……」

鄭海濤一聽徹底懵了，他馬上止住了爬蟲人往下的話。

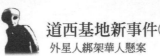

「等等，讓我冷靜一下吧，我來這裡是找我女朋友的，怎麼一下子又冒出了外星人要滅絕人類？你還是別逗我了。」說著他轉身就要往外走，卻被爬蟲人鐮刀般的爪子一把勾住。

「相信我！這事關你們一族的未來。」爬蟲人說著，用另一個爪子遞上來一個拴著鏈、外觀像懷錶一樣的小東西。「回去後一定要把它交給雷德蒙，這是我用盡一切辦法從巴蒂斯塔人那裡搞到的，裡面儲存著它們所有計劃，雷德蒙一看就會明白的，這東西對他很重要，巴蒂斯塔人可能很快就會發現它不見了，所以你們一定要在這之前離開這裡。」

聽了爬蟲人的話，鄭海濤接過東西揣進兜裡後苦笑一聲說：「我也想快點離開這裡呀，可是怎麼走？外面蜥蜴人到處在找我們。」

「在我找到你以前，我們遇到了兩個看著毛髮膚色和你一樣的人，其中一個個頭矮一點身上的毛多一點，我們把他們藏了起來。」

鄭海濤一聽立刻失聲叫起來：「那是海瑞，我弟弟！他在你們那兒？」

「是的，他現在很安全。」爬蟲人揮動著四隻爪子說：「你也和我走吧，等把你們七個都找到就一起把你們送出去，其他人在哪裡？」

「我們就剩下三個了！哪裡還有其他人。」一說到這兒，鄭海濤忍不住傷感起來，「我們還有一個和雷德蒙一樣膚色的同伴，長得比我高大，分開時他在後面掩護我，其他人都死了。」

「明白了。」爬蟲人說著轉身走到外面長廊裡，很快又有兩個爬蟲人開著一架懸浮在空中的餅狀飛行器到門口，上面裝滿了高高疊起的箱子，爬蟲人指著飛行器對鄭海濤說道：「你快藏進去，我們用箱子蓋住你，希望監控室值班的巴圖人沒有看到我們。」

「這上面裝的是什麼？好腥呀。」鄭海濤湊上去捂著鼻子問。

「你不會想知道的，上面裝的都是馬上要供應給巴圖人的食物，新鮮的人肉！我們負責為這層的巴圖人運送東西，正好借機把你帶出去，你鑽進去周圍的味道可以覆蓋你的氣味，巴圖人對人類氣味是敏感的，你要想離開這裡就只能按我們說的做了。」

聽說要讓自己鑽到裝著人肉箱子的夾縫間，鄭海濤差點沒暈過去，但為了快點從道西基地離開，他還是咬著牙和爬蟲人一起上了飛行器。一路上，從周邊箱子裡散發出的血腥味薰得鄭海濤睜不開眼，胃裡也只覺翻山倒海，幾近要吐出來。可一透過箱子縫隙看到長廊裡到處都是活動的蜥蜴人時，他又強忍著把已經頂到嗓子眼的東西給憋了回去。這時，他看到前方兩個蜥蜴人一起拖著什麼東西向他們走來。待雙方擦身而過時，他才看清，原來蜥蜴人身後拖著的正是卡洛斯，卡洛斯渾身是血，整個人已經奄奄一息了，他的兩條腿被它們一人一條拎在手裡，身後一路拖得都是長長的血痕。

看到爬蟲人開著的飛行器，其中一個蜥蜴人上前一把抓住飛行器的操控把手，「嘎～嘎～」地怪叫著示意它們停下。鄭海濤心一沉，以為自己被發現了，可不曾想那蜥蜴人卻回身一口咬斷了卡洛斯的脖子，鮮血瞬間從他的動脈如噴泉一樣滋射出來，跟著兩個蜥蜴人又挖去了他的肝臟和雙腎，才將卡洛斯的屍體拋到了飛行器裝載的箱子上。卡洛斯的屍體落下時腦袋正好仰天垂到鄭海濤面前，他無意瞟了一眼，就看到卡洛斯那一雙充滿血絲瞪如牛鈴的眼睛正死不瞑

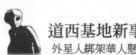

目地盯著自己，嚇得他差點沒喊出來，急忙用手捂住嘴，那兩個蜥蜴人拋屍後又大聲訓斥了一番開飛行器的爬蟲人，才心滿意足地帶著從卡洛斯身上獲取的器官離去了。

之後的一路上，鄭海濤都嚇得沒敢看卡洛斯屍體第二眼，好不容易到了兩側牆壁都鑿滿了洞的爬蟲人居住地，不等爬蟲人把飛行器停穩，鄭海濤就一頭栽了下去，爬起後疾步跑到角落裡扶著牆狂吐不止，連這是哪裡也顧不上看。聽到這麼大動靜，牆壁洞穴裡的爬蟲人們紛紛探出頭來，嘰嘰喳喳地交頭接耳。這時鄭海濤後腰忽然被人一把攔腰抱住，跟著耳邊傳來了弟弟鄭海瑞熟悉的聲音：「哥，哥，振作點！我們還要離開這裡呢！」

鄭海濤霎間癱到了地上，嘴中仍在喃喃自語：「死了，都死了……」

這時爬蟲人和悟空也圍了上來，「你同伴說的對！」爬蟲人說道：「你們必須快點離開，這裡已越來越不安全了。」此刻的鄭海濤已恢復了一些理智，但仍沒能完全從剛才的驚嚇中緩過神來，任由爬蟲人和鄭海瑞重新扶上了飛行器，待所有人都上去後，為了不引起懷疑，飛行器在躲在箱子底下的悟空指引下，保持著勻速朝蜥蜴人的反重力垃圾處理站飛去，負責護送他們的則是救下鄭海濤的爬蟲人和它另外兩個同伴。

當飛行器抵達了，一處緊貼牆壁熔爐狀的機器面前，機器的中央有個洞口，在它上面伸出一段又粗又長的管道直通頂端。出乎眾人意料的是那裡竟空無一人，只有地上層疊堆積的一箱箱屍骸。鄭海瑞不由鬆了口氣，他第一個跳了下去，正當他準備把哥哥拉下來時，地上那些壘在上面的箱子突然被推到了，五隻手持鐳射武器的蜥蜴人同時跳了出來，它們圍成一個半圓，將鄭海濤他們圍在了中心。就在這時其中一個蜥蜴人忽然仰著脖子「嘎嘎！」叫了兩聲，其餘的蜥蜴人馬上收起鐳射武器紛紛從身後拔出了利刃。悟空聽了臉色大變，但仍不忘把它所聽到的內容翻譯給鄭海濤兄弟聽，「它說要抓活的！」

「做夢吧！」鄭海濤咬牙切齒地說道，跟著他第一次端起了衝鋒槍，回頭朝弟弟叫道：「海瑞！我們今天能不能出去就看現在了，跟它們拼了，為羅傑和卡洛斯報仇！」

「好！」鄭海瑞大聲應和了一句。

在鄭海濤的感召下，就連悟空也端起了ＡＫ４７。而就在這時，那些蜥蜴人卻突然直奔爬蟲人而去，它們像拎小雞一樣把三個爬蟲人扔下飛行器，用手中利器一刀把爬蟲人斬為兩截，「開火！」鄭海濤大叫一聲，三條火舌同時從槍口向蜥蜴人噴去，儘管鄭氏兄弟並沒受過什麼專業射擊訓練，但近距離的掃射還是將兩個蜥蜴人打倒在地。趁此機會，鄭海濤朝弟弟喊道：「你帶著悟空先走，記得把裝著我們潛水服的行囊帶上，我跟你後頭！」

鄭海瑞見狀忙抱起悟空，連滾帶爬地鑽進了機器中央的洞口裡，鄭海濤一面後退一面掃射，強大的火力讓剩下的三個蜥蜴人一時還不敢接近，這時他的胳膊肘被兜裡的東西咯了一下，才猛地記起原來自己還保留著卡文迪許死時手中抓的一枚炸彈。於是他心生一計，扔下衝鋒槍快速衝向機器中央的垃圾口。在他身後，三個蜥蜴人緊追不捨，而那被砍成兩半的爬蟲人拖著上半身仍在地上一邊掙扎著，一邊虛弱地朝鄭海濤遠去的背影呼喊：「把東西交給雷德蒙……它可以拯救你們種族……」

鄭海濤三兩下剛爬進垃圾口就被一股強大的氣流挾裹，順著管道快速向上飆升，速度快地讓他無法呼吸，耳邊也只有嗖嗖的風聲。他勉強低頭望去，隱約看到腳下一隻蜥蜴人正在跟隨自己，他又抬頭看看前方，透著光亮的出口已經隱隱可見了。他算準時間，就在自己快要被彈出管道的那一刻，他掏出了卡文迪許的球狀炸彈，在管道壁上磕了一下直接拋給了腳下的蜥蜴人，跟著鄭海濤便被彈了出來，幾乎與此同時在他身後隨著一聲雷鳴般巨響，一股火焰雲騰空而起，整個管道系統全被炸塌了，管道碎片夾雜著蜥蜴人的斷臂殘肢紛紛揚揚掉下來撒落了一地。

鄭海濤也重重地摔在了地上，一旁的鄭海瑞連忙上前將他扶起，他環視四周，發現他們落地的位置正好是湖泊地下洞穴裡外星人處理屍體的地方，眼下一切都是那樣熟悉，包括來時的路。物是人非的是當初躊躇滿志進入基地的七人，現在僅剩自己和弟弟倖存。正在這個時候，一些從四周黑暗角落裡鑽出的道西清道夫打斷了鄭海濤的思緒，他用胳膊肘拱了拱身後的弟弟小聲說：「我們趕緊離開這裡，這些傢伙很難纏。」

好在眼下那些道西清道夫的目標是剛掉落在地上的蜥蜴人殘骸，鄭氏兄弟和悟空得以全身而退，他們一路小跑著離開了那裡，沿著來時的路反方向前行。

當來到登陸的洞穴湖前，鄭海濤終於鬆了口氣，鄭海瑞也是一臉的興奮，「終於要離開這裡了！我們是第一批到過道西基地又活著出去的中國人。」但鄭海濤卻沒弟弟這麼興奮，他默默地換好潛水服，突然像是自己質問自己似地叫了起來：

「有什麼可高興的？這一切值得嗎？我們像傻子似得進去亂撞了一回，丟下五條人命又拼命地往外逃，當初進來要做的事卻一樣也沒做成，我他媽太傻了！」

「哥，可是你試過了，做過總比沒做要好！」鄭海瑞說著，拿出一個氧氣瓶給悟空背上並略帶歉意地對它說道：「對不起呀，當初不知道有你，所以沒準備你這個尺寸的潛水裝。」

悟空擺擺頭滿不在乎地回應：「人類真是麻煩，你們要是身上有毛就可以不用穿衣服了！」

就這樣，下水後二人帶著悟空順原路一直潛出了地下湖洞穴，又重新回到了安丘利塔湖的懷抱中。正當他們朝著璀璨的湖面不斷上升時，一隻體型龐大的灰褐色人身魚尾狀怪物，忽然從湖底的一個洞穴中鑽了出來。它圓圓的腦袋上只有一隻眼眶，轉動著藍色的眼珠，背上長著一排鰭，揮動著兩隻粗壯的胳膊直奔鄭海濤他們而來。鄭海濤眼尖，立刻拽住弟弟拼命地往湖面上方游。鄭海瑞本來正拉著悟空，被他這麼突然一拽，一下和悟空分開了，悟空也沒見過這樣的怪物，瞬間慌了神，慌亂下竟朝著鄭氏兄弟的反方向遊去，那人魚怪不知為何只對悟空情有獨鍾，一路跟著它追了過去，趁此機會，鄭海濤帶著弟弟成功浮出了湖面。

等兄弟二人登上湖灘已是精疲力竭了，鄭海瑞一上岸瞬間就撲倒在地上，閉起眼睛嘴裡叨念著：「誰也不要碰我！讓我好好地在這兒先睡上一覺。」此時的鄭海濤也是又睏又乏，雖然說不清在道西基地待了多久，但這段時間他基本是滴水未進，也從沒闔眼超過半個小時，但那時他的神經都處於緊繃狀態，所以也沒覺得忍受不了。當重回陸地的那一刻，他又回到了正常狀態，饑餓、困乏、疲憊瞬間佔據了整個身體。在這種情形下，鄭海濤只能硬撐著，拖著僵硬的步伐和沉重的身體一步步往前挪動著。他四處張望，同時大聲呼喚著林春生的名字，但映入他眼簾的卻是沙灘上遍地的血跡，林春生早已不見了蹤影。

「這個混蛋，又不知死哪裡去了！」鄭海濤恨恨地咒罵著，這時身後的鄭海瑞突然大叫起來：「哥，快跑！有埋伏。」鄭海濤回頭望去，只見兩個穿黑西裝的男子已抓住了弟弟，鄭海濤見狀剛要衝上去卻被人從身後勒住脖子，接著脖子像是被什麼東西狠狠地叮了一口，他知道自己被注射了藥物，但仍憑藉最後一絲力氣大聲呼救著，慢慢地他只覺頭越來越昏，眼前的景物也變得模糊起來，隨著一陣天旋地轉他搖晃了兩下終於倒了下去。也不知過了多久，鄭海濤耳邊逐漸迴響起一個熟悉的聲音，但聽著卻很縹渺，仿佛是從很遠的地方飄來。「孩子，堅持住，我這就送你回中國。」

他微微地睜開雙眼，眼前仍是一片模糊，隱隱約約他能感覺到有一張人臉湊了過來，卻只能看到一個輪廓。

憑著感覺他知道那是喬治·雷德蒙……